外国语言文学研究学术论丛 | 总主编 文 旭

U0735924

维系与反思
——菲利普·罗斯"朱克曼系列小说"研究

Reflections on the Maintenance of Jewishness:
A Study of Philip Roth's "Zuckerman Books"

申劲松 著

科学出版社

北 京

内 容 简 介

本书从根植于犹太大屠杀这一历史事件的"后大屠杀意识"入手，对菲利普·罗斯"朱克曼系列小说"中的相关问题进行分析、解读，指出作为一个生长在美国的犹太作家，菲利普·罗斯的创作具有较为深切的"后大屠杀意识"，它直接影响和决定了其创作不仅表现出对犹太性的维系，更表现出对后大屠杀时代美国社会的后大屠杀话语构建趋向的反思，也证明了菲利普·罗斯确实是一个立足于美国现实进行创作的美国作家而非囿于其族裔身份的美国犹太作家。

本书适合高等院校外国文学研究者和其他外国文学爱好者使用。

图书在版编目（CIP）数据

维系与反思：菲利普·罗斯"朱克曼系列小说"研究 / 申劲松著. —北京：科学出版社，2018.4

（外国语言文学研究学术论丛 / 文旭主编）

ISBN 978-7-03-056897-7

Ⅰ. ①维… Ⅱ. ①申… Ⅲ. ①菲利普·罗斯-小说研究Ⅳ. ①I712.074

中国版本图书馆 CIP 数据核字（2018）第 049176 号

责任编辑：张　达　郭亚会/责任校对：王晓茜
责任印制：张欣秀/封面设计：铭轩堂

科学出版社 出版

北京东黄城根北街 16 号
邮政编码：100717
http://www.sciencep.com

北京京华虎彩印刷有限公司　印刷

科学出版社发行　各地新华书店经销

*

2018 年 4 月第 一 版　开本：720×1000　B5
2018 年 4 月第一次印刷　印张：8 1/4
字数：170 000

定价：78.00 元
（如有印装质量问题，我社负责调换）

本书为"重庆市人文社会科学重点研究基地项目"（项目批准号：14SKB056）、"西南大学中央高校基本科研业务费专项资金"（项目批准号：SWU1209340）、"西南大学中央高校基本科研业务费专项资金"（项目批准号：SWU1409315）资助成果。

丛　书　序

外国语言文学博大精深，其内容涵盖外国语言学研究、外国文学研究、翻译研究、外语教育研究及跨文化研究等。在我国，外国语言文学研究历史悠久、成绩斐然。近些年来，外国语言文学研究发展迅猛，其理论与模式不断创新，研究方法多种多样。尤其在研究领域方面，其跨学科性和交叉性日益凸显并普遍，如与哲学、符号学、心理学、社会学、人类学、认知科学、脑科学等众多领域的日渐交叉和融合，促使我们必须多维度、多视角、多层面地进行研究，从而在科研上真正做到有所创新、有所前进、有所作为。多学科、跨学科、超学科研究已是当今学术发展的必由之路。

当然，无论是从学科研究历史传统的传承上来看，还是从其未来发展的开拓创新上来说，外国语言文学研究都任重而道远。因此，与时俱进，汇聚外国语言文学领域研究的最新成果，并为先行者和后学共同搭建学术交流的平台便成为促进学科发展极为重要的一环。为此，我们秉承西南大学"特立西南，学行天下"的大学精神，在学界广大同仁的关心和帮助下，精心打造了《外国语言文学研究学术论丛》系列学术专著，以期促进外语界同仁相互沟通与交流，共同创新与进步。该系列学术专著的规模化出版，是西南大学外国语学院科学研究事业中的一件大事，其诞生是学院学科建设与科学研究事业发展的必然，同时也必将进一步搭建西南大学外国语学院学术成果交流的平台。

西南大学起源于1906年4月建立的川东师范学堂，于2005年由原西南师范大学、西南农业大学合并组建而成，是教育部直属重点综合性大学，国家"211工程"和"985工程优势学科创新平台"建设高校。西南大学外国语言文学学科历史悠久、实力雄厚。学贯中西的大师吴宓先生，著名诗人、文学家方敬，翻译家邹绛、外语教育家张正东等学术先贤和著名专家曾在此执教，积淀了深厚的人文底蕴，形成了优良的学术传统和办学特色。西南大学外国语学院拥有"外国语言文学"一级学科博士学位、硕士学位授权点和博士后科研流动站，以及"翻译硕士"、"教育硕士"专业学位授权点，同时接收国内访问学者。学院拥有重庆市人文社会科学重点研究基地"外国语言学与外语教育研究中心"、西部地区外语教育研究会、重庆市外文学会、重庆市莎士比亚研究会等学术组织或团体。学院现有多名国内外知名专家学者，在认知语言学、语用学、功能语言学、莎士比亚研究、英美现代主义文学、翻译研究、外语教育学等领域有较深的造诣，并在多个全国性学术团体中担任重要职务。改革开放以来，学院秉承"博学中西，砥砺德行"的院训，以"崇尚学术自由、培养外语英才、塑造模范国民"为使命，以"全人教育思想"为外语教育理念，以学科建设为龙头，以科学研究为基础，在语言学研究、文学研究、翻译研究、外语教育以及文化研究等领域取得了一批学术价值大、实用性强的科研成果，多次获得全国和部市级的教学科研成果奖，在国内外产生了一定的影响。

　　本丛书的出版得到了西南大学和重庆市人文社会科学重点研究基地"外国语言学与外语教育研究中心"学科建设的大力资助，外国语学院的许多教师以及各界朋友也给予了极大的支持，尤其离不开科学出版社阎莉女士的真诚相助，在此对他们表示衷心的感谢。诚然，这个新生婴儿的成长与发展，要靠广大学人的呵护和支持。因此，敬祈学界朋友不惜赐教为幸，也热忱欢迎同行专家不吝赐稿。我们将秉承西南大学"含弘光大、继往开来"的校训，继续不遗余力为本丛书的成长壮大添砖加瓦。

　　为学之道，"辟如行远必自迩，辟如登高必自卑"。共同的事业就是共同的生活情趣，也是共同的追求，"嘤其鸣矣，求其友声"。"行到水穷处，坐看云起时"，思考求索的起点，追寻学术的真谛，这就是我们的责任和使命。是为序。

谨识于西南大学

2014 年 6 月 22 日

序

　　进入 21 世纪的十几年，每到诺贝尔文学奖评选之际，菲利普·罗斯（Philip Roth）[①]都是人们热议的一个名字。虽然几度与诺贝尔文学奖擦肩而过，但落选的结果并不能掩盖菲利普·罗斯耀眼的锋芒。事实上，除诺贝尔文学奖之外的一系列文学奖项早已经证明了人们对他的认可：1960 年，短篇小说集《再见，哥伦布》（*Goodbye, Columbus*，1959）获美国"国家图书奖"；同年，该小说集还获得了美国犹太人图书委员会"达洛夫奖"；1987 年，《反生活》（*The Counterlife*，1986）获"美国全国书评家协会奖"；1992 年，《遗产：一个真实的故事》（*Patrimony: A True Story*，1991） 获"美国全国书评家协会奖"；1993 年，《夏洛克行动》（*Operation Shylock*，1993） 获"笔会/福克纳奖"；次年，该书又被《时代》杂志评为美国年度最佳小说；1995 年，《萨巴斯剧院》（*Sabbath's Theatre*，1995）获美国"国家图书奖"；1997 年，《美国牧歌》（*American Pastoral*，1997）获"普利策奖"；1998 年，《我嫁给了共产党人》（*I Married a Communist*，1998）获英语联邦"大使图书奖"；2000 年，《美国牧歌》获法国年度最佳外国图书奖；2001 年，《人性的污秽》（*The Human Stain*，2000）获"笔会/福克纳奖"；该书还获得了 2001 年度英国 W.H.史密斯奖年度最佳图书奖；2005 年，《反美阴谋》（*The Plot Against America*，2004）作为"2003—2004 年以美国为主题的卓越历史小说"而获得"美国历史家协会奖"，并被《纽约时报书评》《时代》《新闻周刊》《洛杉矶时报书评》《华盛顿邮报图书世界》《旧金山纪事报》《波士顿环球报》《芝加哥太阳时报》等提名为年度最佳图书；同年，该书还在英国斩获 W. H.史密斯奖年度最佳图书奖；2006 年，该书又获得了"笔会/纳博科夫奖"；2007 年，《凡人》（*Everyman*，2006）获得 "笔会/福克纳奖"和"笔会/贝娄奖"等。此外，菲利普·罗斯还获得了一系列的荣誉，如 1970 年当选为美国文学与艺术研究院院士；1998 年在白宫获颁国家艺术勋章；2002 年获美国艺术与文学学院最高奖项小说金奖；2003 年被哈佛大学授予荣誉博士学位；2011 年被国际布克奖评选主办机构授予 2011 年度

　　[①] 本书关于菲利普·罗斯的基本信息材料主要参见 Sanford Pinsker, 1984: 264-275; Murray Baumgarten & Barbala Gottfried, 1990: 1-7 以及 "菲利普·罗斯研究会"（The Philip Roth Society）官方网站资源（http://www.philiprothsociety.org/biography），不另作注。

"布克国际文学奖"；2011年因其在人文学科领域中所做出的杰出贡献而获得美国总统奥巴马授予的"美国国家人文奖章"；2005年，菲利普·罗斯还成为除索尔·贝娄（Saul Bellow）和尤多拉·韦尔蒂（Eudora Welty）外第三位在世时作品就由美国文库出版综合性、定论性版本的作家，确立了其在美国文坛和世界小说之林中不可动摇的经典作家之地位。乔国强认为："在某种意义上来说，他与艾萨克·巴什维斯·辛格（Issac Bashevis Singer）、索尔·贝娄、伯纳德·马拉默德（Bernard Malamud）三人共同构筑了美国犹太文学的基本框架，或者说，共同成为支撑美国犹太文学这座殿堂的四根主要支柱。"（乔国强，2008：441）王宁则认为在伯纳德·马拉默德、艾萨克·巴什维斯·辛格、索尔·贝娄先后去世后，菲利普·罗斯以其持续不断的创作以及其不断上升的地位独立撑起了美国当代文坛，尤其是犹太文学创作界的一片天下（王宁，2011：1）。2003年诺贝尔文学奖获得者库切（John Maxwell Coetzee）甚至断言："随着菲利普·罗斯年纪渐迈，他的作家地位亦日益增长。在最好的时候，他现在已是一位真正具有悲剧深度的作家；在他绝好的时候他可以达到莎士比亚的高度。"（库切，2010：247）

1954年，菲利普·罗斯（Roth，1954：34-45）在《芝加哥评论》（秋季号）发表了短篇故事《下雪的那一天》（"*The Day It Snowed*"），在芝加哥这个风雪之城开始了其充满争议的文学创作生涯。在随后的五十多年中，菲利普·罗斯笔耕不辍，佳作频出，总共为读者贡献了三十多部长篇小说、多部短篇小说集、文学评论集等，这些既为他获得了众多读者和批评家的青睐，也为他的创作带来了各种各样的标签，如"色情"[《波特诺伊的怨诉》（*Portnoy's Complaint*，1969）和《乳房》（*The Breast*，1972）]、"低俗"[《伟大的美国小说》（*The Great American Novel*，1973）和《解剖课》（*The Anatomy Lesson*，1983）]、"厌女"[《我作为男人的一生》（*My Life as A Man*，1974）和《垂死的肉身》（*The Dying Animal*，2001）]、"自我陶醉"[《反生活》和《欺骗》（*Deception*，1990）]、"政治敷衍"[《我们这帮人》（*Our Gang*，1971）和《我嫁给了共产党人》]、"政治不正确"[《萨巴斯剧院》和《人性的污秽》]、"反犹太"[《再见，哥伦布》和《波特诺伊的怨诉》] 等（Royal，2005：1）。

综观菲利普·罗斯的作品，其作品之主题和内涵表现出其犹太人身份已经牢牢地将他与犹太民族的过去、现在和未来紧紧地联系在一起，但因其作品众多、主题多变，要对其所有作品进行一个大一统的解读显然无异于异想天开。鉴于此，本书拟选取菲利普·罗斯作品中的"朱克曼系列小说"（Zukerman Books）作为研究对象，以犹太民族历史之殇——犹太大屠杀（the Holocaust[①]）为切入点，解读菲利普·罗斯在其作品中对犹太大屠杀这一历史事件的反思、反省并由此揭示美国犹太人第二次世界大战后之生存现状和诉求，指出菲利普·罗斯的创作具有较为深切的"后大屠杀意识"，证明其创作不仅表现出对于犹太性的维系，更表现出对后大屠杀时代美国社会的后大屠杀话语构建趋向的反思。

就菲利普·罗斯研究而言，国外成果众多且程度较深，国内近年来也产出了不少有价值的成果。这本小书只能算是一次粗鄙的努力，希望能够对菲利普·罗斯的研究有所贡献。因笔者学养有限，其中难免有不妥之处，敬请方家指正。

是为序。

申劲松

2017 年 12 月于北伊利诺伊大学

---

① 用于指称纳粹德国对犹太人实施大屠杀的词汇有 final solution（"最终解决"）、hurban（"毁灭"）、pogrom（"集体迫害"）、holocaust（"纳粹大屠杀"）、shoah（"浩劫"）等，但其使用人群及内在含义有所不同（张倩红，2015：302-312）。Holocaust 是目前使用范围最广的一个词，它是被当作专有名词来使用的，用以指称在希特勒上台后纳粹德国政府发动的、在其帮凶协助下以国家名义于 1933—1945 年对欧洲犹太人实施的一场有计划、有步骤的迫害和屠杀，600 万欧洲犹太人在这一事件中丧生，占世界犹太人总数的 1/3 左右，欧洲犹太人世界因此受到毁灭性的打击和破坏。此外，还有几百万人（包括吉普赛人、同性恋者、有生理缺陷者、耶和华见证会信徒、苏联战俘和持不同政见者）也受到迫害并致死。汉语翻译中也有将该词翻译为"纳粹屠犹"的译法，以示特指。本书主要采用"大屠杀"这一说法，但在引用其他研究者研究成果时如果其原文为"纳粹屠犹"则直接使用"纳粹屠犹"这一译法。此外，关于"犹太人"的定义其实也有争议：一些人认为"犹太"是宗教名词而不是种族名词，所以应该按照一个人是否信奉犹太教来确定他是否是犹太人；而另一些人则认为"犹太人实体基本上是一个民族实体"。参见吴泽霖，1992：7-10。

目　　录

绪　　论

菲利普·罗斯 1933 年 3 月 19 日生于美国新泽西州的纽瓦克市威夸伊克地区，其父赫尔曼·罗斯（Herman Roth）信奉正统的犹太教，在 19 世纪末 20 世纪初美国最大的一次犹太移民浪潮期间[①]，从现今位于波兰和乌克兰交界之处的加利西亚地区移民美国，携家人辛勤劳作，渡过了经济"大萧条"等难关，成功地在美国站稳了脚跟。菲利普·罗斯是家中的老二，在父母的关爱中成长于纽瓦克市犹太人聚居的威夸伊克地区，并与之建立起了深厚的关系。桑福德·平斯克在其论著中曾对生于纽瓦克的几位文化名人——莱斯利·费德勒（Leslie Fiedler）、艾伦·金斯伯格（Allen Ginsberg）、李诺·琼斯（LeRoi Jones）及菲利普·罗斯与纽瓦克的关系进行过比较，认为前三位最终以其各自的方式疏离生于斯长于斯的纽瓦克，而"唯有菲利普·罗斯好像与他那与纽约一河之隔的生身之地紧密地联系在一起，与他在那儿所受到的亦庄亦谐的美国犹太教育紧密联系在一起"（Pinsker，1975：1）。杰·雷·哈里欧也认为"菲利普·罗斯乐意描绘他的故乡"（Halio，1992：1）。阿哈龙·阿佩菲尔德则断言："菲利普·罗斯有一个精神故乡，它的根在犹太的纽瓦克……菲利普·罗斯对于其根源的挚爱使其想象飞扬，取得了一个小说家的成功。"（Appelfeld，1988：16）事实上，纽瓦克后来成为菲利普·罗斯多部作品的背景，他自己也曾承认在创作中多次"本能地"（Roth，1975：172）转向纽瓦克以寻找可以为自己所用的素材。

菲利普·罗斯是美国当代最有影响力的作家之一，也是"美国最具争议的小说家"（Jones & Nance，1981：1），"没有哪一个美国作家的作品像罗斯的作品那样引发了如此之多的种族纷扰"（Appelfeld，1988：15）。菲利普·罗斯的创作时间跨度大、

---

① 据记载，第一个到达美洲的犹太人是路意斯·德托雷斯，他于 1492 年随哥伦布的船队到达美洲。1654 年，来自葡萄牙的 23 位犹太人为了逃避宗教法庭的迫害抵达新阿姆斯特丹（后改称"纽约"），拉开了犹太人移民美洲大陆的大幕。一般认为犹太人移民美洲包含了四次比较大的移民浪潮：第一次从 17 世纪中期到 19 世纪初，主要是西班牙、葡萄牙犹太移民；第二次是 1815 年拿破仑战争结束后至 19 世纪中后期的德国犹太人移民浪潮；第三次也是最大的一次移民浪潮，发生在 1881—1924 年（其间大约有 275 万犹太人从东欧移民到美国。虽然原因各异，但其中很大一部分人是因为东欧沙皇俄国暴政下日渐高涨的反犹主义而移民美国的。这些东欧犹太移民构成了"新移民"群体的一部分，今天大约有 90% 的美国犹太人是这部分东欧移民的后裔）；第四次是 20 世纪三四十年代德国纳粹屠犹前后所造成的欧洲犹太难民移民潮，大批犹太人移民美国，美国取代东欧成为世界犹太力量的核心。

作品数量众多，而作为一个"如饥似渴的实验家"（Halio，1992：203）、"美国犹太写作前卫传统的代表"（Wade，1986：11），他的创作手法多变、作品主题多样，非常难于把握。桑福德·平斯克 1975 年在对菲利普·罗斯早期的七八部作品做出较为详尽的解读后评价道："也许除了诺曼·梅勒外，菲利普·罗斯比其他任何当代作家都更致力于探究其私人激情（抱怨、悲伤、失败）与构成当代美国生活的更大的神话之间的联系。"（Pinsker，1975：115）菲利普·罗斯"已经确立了先例，他的每一部新小说都在改弦易辙，他拒绝将其下一部小说建基于前一部小说的基础之上，批评家要对他做出预测不过是自冒风险而已"（Pinsker，1975：120）。小贝纳德·福·罗杰斯 1978 年在对菲利普·罗斯早期的几部作品进行分析后也认为："试图预测像菲利普·罗斯这样一个想象力丰富、令人惊讶的艺术家下一步将要写点什么无异于莽夫之勇。"（Rodgers，1978：170）莫里斯·迪克斯坦也曾指出："菲茨杰拉尔德曾断言，在美国人的生活中绝无第二幕，而菲利普·罗斯却能做到每十年就让自己有所创新，从而证明菲茨杰拉尔德这句格言的谬误。"（莫里斯·迪克斯坦，2005：323）桑福德·平斯克甚至干脆断言："菲利普·罗斯的创作生涯既没有像他的崇拜者也没有像他的诋毁者想象的那样去发展是一种肮脏习惯。"（Pinsker，1982：3）黄铁池则认为菲利普·罗斯之所以成为当代美国文坛的常青树，创作数量巨大，却一直未给读者带来审美疲劳，最重要的原因是他"始终站在时代的前列，不懈地探索文学表现的新方法。他从一个现实主义作家过渡到现代主义再进入后现代主义作家之列，尝试了各种前卫的写作技巧，为读者提供了广阔的阅读空间"。其小说"几乎每一部都有崭新的面目，艺术形式的新颖独特和标新立异，令读者有目不暇接之感，也淋漓尽致地表现了小说深邃的主题。这是菲利普·罗斯拥有大量读者、引导大众想象力的主要原因，是他小说创作最鲜明的特征，也是当代美国文坛上一个不同寻常、值得关注的文化现象"（黄铁池，2009：56）。

　　以上学者对于菲利普·罗斯文学创作的褒贬体现出菲利普·罗斯的价值所在。桑福德·平斯克曾评价说："涉及菲利普·罗斯之时，中性的评价几乎是不存在的。他的读者们强烈地纠缠于评价标准的一端或另一端：他们要么爱他的作品，要么恨他的作品。实际上，灰色地带是不存在的。"（Pinsker，1982：2-3）菲利普·罗斯的师长、诺贝尔文学奖获得者贝娄在菲利普·罗斯发表《再见，哥伦布》大获成功之时就认为："与我们闭着眼睛什么也看不见，光溜溜地呱呱坠地不同，菲利普·罗斯先生一出场，指甲、毛发、牙齿都已长齐，他说话流利、技巧娴熟、机智幽默、富有生气，具有名家风范。"（转引自菲利普·罗斯，2009：封套）著名学者欧文·豪

〔Irving Howe〕也对《再见，哥伦布》赞赏有加，他评价说："菲利普·罗斯已经获得了很多作家终其一生想要追求的东西——独特的声音、平稳的节奏、鲜明的主题。"（转引自 Alexander，1998：65）桑福德·平斯克一度认为菲利普·罗斯虽然天赋异禀，但其天赋并没有充分发挥出来。他在 1975 年对菲利普·罗斯早期的创作进行评价时说："关于菲利普·罗斯作品价值的真相介于其作品所带来的过度褒扬和持续不断的失望感觉之间；他是位天赋卓著的作家，但其天赋却常常被浪费掉了。总的来说，他的小说使人感到不适，因为他还没有受到重大题材的考验，没有像我们所期待的那样尽心创作。"（Pinsker，1975：2）

但是，菲利普·罗斯中期、晚期的创作却以其对重大题材的高水准把握回答了桑福德·平斯克似褒实贬的质疑。1982 年，桑福德·平斯克在自己编选的《菲利普·罗斯批评论文集》（*Critical Essays on Philip Roth*）中纠正了自己的这一看法，认为菲利普·罗斯经历了 20 年的严峻考验，"努力避免了成为一个脱口秀专家，或者更为糟糕的'电视人物'。总之，他仍然是个作家……毫无疑问，有一些人仍然咬牙切齿，希望那个不搭界的、冷嘲热讽的菲利普·罗斯先生走开，或者至少停止写作。当然，那好像是不可能的。要忽略他同样不可能，因为必须关注菲利普·罗斯的作品已是一个不争的事实。在学习如何最好地、最真正地评判他的作品时，我们学会了关乎我们自己的最重要的东西"（Pinsker，1982：1）。评论家马丁·格林也对菲利普·罗斯褒扬有加，他说："在我看来，菲利普·罗斯是当今仍在创作的美国作家中最具天赋的小说家，至少在我们使用'小说家'这个词时强调传统的情况下是如此的。他将他的智慧和情感转化为严肃小说的具体形式，其作品比贝娄更坚毅，比梅勒更丰富，比其他任何一个作家都更耐心、更稳健、更有品位。"（Green，1980：ix）戴瑞克·帕克·罗耶尔也认为："所有美国当代作家中，菲利普·罗斯虽然颇具争议，但是最具雄心壮志的。不同于其他许多渐渐老去的小说家创作力日渐衰退，菲利普·罗斯已经展现了其独特之能力，他不仅仅保持了文学产出，他甚至超越了其之前的作品中内在的主题范围和天赋。"（Royal，2005：2）黄铁池也对菲利普·罗斯做了如是评价："对他的小说赞赏有加的或嗤之以鼻的都大有人在，但一个不争的事实是，菲利普·罗斯的知名度与日俱增，他的每一部作品都备受关注和热议，无论是文学评论家还是普通的读者都对他的创作充满了期待和热情，这种'雅俗共赏'的现象是当代文学中所少见的。"（黄铁池，2009：56）

有学者认为："在菲利普·罗斯身上，犹太性与美国性共存，二者相互交融，形成了菲利普·罗斯独特的观察视角和创作风格。他既是美国犹太文学的继承者也是革新者，善于以敏感、智性而内省的方式表现犹太个体的追寻，又特立独行，以备受争议的创作主题和丰富的后现代式创新艺术手法傲立于美国文坛。"（胡蕾，2015：iii）可以说，要对菲利普·罗斯众多的作品进行分门别类近似于完成一个不可能的任务。有评论家根据菲利普·罗斯创作的时间以及不同时期的创作特点，将其创作生涯以阶段来进行划分，如万志祥就把菲利普·罗斯（1993：39-43）1990 年以前的小说划分为三个阶段并进行了评价：第一阶段从 1959 年到 1969 年，其主旨是探索人生新大陆，基调是反传统、寻求自我独立；第二阶段从 20 世纪 70 年代到 20 世纪 80 年代中期，其主旨是探寻自我，基调是存在困惑冲突、孤独无助；第三阶段是进入"知天命"之年后的创作，其主旨是走出迷惘，基调是开始向传统回归。黄铁池（2009：57）则以菲利普·罗斯的艺术手法为出发点，将其创作分为三个阶段：第一阶段从 1959 年到 1969 年，基本上处于艺术上的现实主义阶段；第二阶段为整个 20 世纪 80 年代，其间的创作以模仿现代主义风格为主；第三阶段即以《鬼作家》（The Ghost Writer，1979）为转折，走向了后现代主义实验写作的阶段。乔国强（2008：441-481）则从创作时间上把菲利普·罗斯的创作分为早、中、后三个时期：早期（20 世纪 60 年代）主要是讽刺、批判美国犹太个人及其家庭生活，中期（20 世纪 70 年代）则转向了讽刺和批判美国社会的政治生活，后期（从《鬼作家》起）则由先前的探究性欲与犹太传统等问题转向了思考艺术与人生的契合，即犹太作家如何将自己的写作与犹太民族文化以及利益相结合的问题。

此外，对于菲利普·罗斯的创作还有一种相对简单明了的划分，即根据其小说中故事的讲述者而将其作品分为凯普什系列 ［Kepesh Books，包括《乳房》、《欲望教授》（The Professor of Desire，1977）和《垂死的肉身》］、罗斯系列 ［Roth Books，包括《事实：一位小说家的自传》（The Facts: A Novelist's Autobiography，1988）、《欺骗》、《遗产：一个真实的故事》、《夏洛克行动》、《反美阴谋》］、朱克曼系列等。"虽然还不清楚这种新的分类是菲利普·罗斯自己的想法还是出版商的主意，但就其对作品本身的呈现来说，这种做法却是典型的菲利普·罗斯手段，造成了一种统一的感觉（就好像一直都是如此计划的一样）。"（Gooblar，2011：156）

事实上，朱克曼这一人物第一次出现在 1974 年，在该年发表的小说《我作为男人的一生》中，菲利普·罗斯让内森·朱克曼（Nathan Zukerman）这一人物完成了其首秀。但是，在该部小说中，内森·朱克曼并非是故事的讲述者，而是该书主人公皮特·塔纳帕尔在讲述自己的生活经历时所创造的多少带有自传性质的一个虚构人物，所以该书通常也没有被纳入"朱克曼系列小说"的范围。其后，菲利普·罗斯在 1979—2007 年近三十年的时间里发表了 9 部以内森·朱克曼为叙述者的小说:《鬼作家》、《解放了的朱克曼》(*Zukerman Unbound*, 1981)、《解剖课》、《布拉格狂欢》(*The Prague Orgy*, 1985)、《反生活》、《美国牧歌》、《我嫁给了共产党人》、《人性的污秽》、《退场的鬼魂》(*Exit Ghost*, 2007)。这 9 部小说通常被称为"朱克曼系列小说"。

　　桑福德·平斯克在解读《我作为男人的一生》时认为内森·朱克曼这一人物是菲利普·罗斯的"另一个自我","菲利普·罗斯的怨诉（这次更加成人化、更加使人痛苦）被打破了，根植于一个小说人物，而这一人物则将其怨诉进一步碎裂，使其根植于其小说的内在目标"(Pinsker, 1975: 103)，因为就像赫胥黎的小说《点对点》(*Point Counter Point*) 的主人公菲利普·夸尔斯所言:"将一个小说家放进小说。他对美学的总结归纳进行解释说明，这也许会很有趣——至少对我是如此。他也为（写作）实验辩护。他的作品样本可以展示其他可能或不可能的故事讲述方式。而且，如果你让他像你一样讲述同一故事的一些部分，你就能够给故事的主题带来变化。"(转引自 Pinsker, 1975: 103) 小贝纳德·福·罗杰斯则认为"朱克曼"这一人物与菲利普·罗斯之前创造出的一系列人物形象，如尼尔·克莱格曼（《再见，哥伦布》）、阿力克斯·波特诺伊（《波特诺伊的怨诉》）、大卫·凯普什（《乳房》）、皮特·塔纳帕尔(《我作为男人的一生》)等是一脉相承的，其主要诉求恰如阿尔佛雷德·卡津(Alfred Kazin) 之评论，是"对那些自我理念无法实现之人生活中的自命不凡、焦虑以及残酷的关注"(转引自 Rodgers, 1978: 49)。赫迈阿妮·李也认为朱克曼是"典型的菲利普·罗斯主角的另一种呈现"，他"试图打破一些阻拦或障碍，'破墙而出'去到一种自我的自由、完整的感觉之中……菲利普·罗斯这一人物的这种打破——或者突破——与美国纯真的、充斥各种鼓吹煽动言论的 20 世纪 50 年代到去神化、超现实的 20 世纪 70 年代之时那种猛烈的、破除幻想的打破是异曲同工的"（ Lee, 1982: 83 ）。

　　有论者曾指出:"在力争以语言表达自我的作家和努力对付现实之桀骜不驯的故事主角之间有一种并行关系。"(Poirier, 1966: 6) 菲利普·罗斯在"朱克曼系列小说"中以内森·朱克曼这一人物进行第一人称的叙述即是这一论断的明证。菲利普·罗斯通常以第一人称叙事去构建回溯性的故事，而在这一进程中，"作者用他来代替自己，不断地跨越虚构与真实之间的界限，在自己真实的生活和小说间搭起了一座桥梁，让读者能在人物背后看到作家游动的影子"(黄铁池, 2009: 60)，小说家之身份与故事主人公的身份渐次重合，使其达到终极的表达目的，其效果是显明的。

　　作为美国犹太文学第三代作家的典型代表，菲利普·罗斯对于"犹太作家"这一称号或标记却并不领受。他曾经公开宣称自己不是一个犹太作家，自己只是一个

5

身为犹太人的美国作家。他说：

> 如果我不是一个美国人，我就什么也不是。那就是我被赐予生存之方
> 式……我不是仅仅只被赐予了生命、呼吸、肉体和头脑。除了生身之地，
> 我还被赐予了源于她的一切。源自她的就是一切。一切……"美国犹太作
> 家"这个称谓没有任何意义。犹太人只是身为美国人的另一种形式。在美
> 国，对于我、对于我这一代人，犹太人和其他人没有疏离。历史让我成为
> 美国人……我从来没有因为自己是个犹太人而萌生疏离感。我深感疏离，
> 是因为美国生活众多的限制，而不是因为我是一个犹太人……我不是说犹
> 太人的历史困境我不感兴趣……我是说当我想到自己身为一个美国人时，
> 犹太人的历史困境并不产出愤恨。（转引自 Shostak，2004：236）

菲利普·罗斯的态度或宣言在美国犹太裔作家中并非个案，贝娄、伯纳德·马拉默德等也曾面对同样的困扰。[①] 他的上述言论在一定程度上不过反映了他淡化族裔因素、超越犹太性、追求普世意义的努力或目标。而恰恰是这种努力或目标遭受到一些评论家的诟病。美国著名的犹太裔评论家阿尔弗雷德·卡津就曾经对脱离传统的族裔作家提出过批评，他说："美国作家过于急切地通过现代象征意义情感净化来摆脱某种惨痛经历。那些远离自己过去曾经依附过的生活方式的犹太裔或黑人作家现在那样自信，认为他的经历是具有普遍意义的，于是他趋于从经历本身挣脱出来，立足于美国抽象观念的大空间。"（转引自傅景川，1995：423）菲利普·罗斯毫无疑问也在阿尔弗雷德·卡津所批判的作家之列。尽管如此，我们注意到，虽然菲利普·罗斯不承认"犹太作家"的身份标记，却并不驳斥自己的犹太人身份。在一次访谈中，他如此说道："我一直非常庆幸自己是个犹太人，这一庆幸远超我的那些批评者之想象。这是一种复杂的、有趣的、道德要求很高而又非常奇怪的经历。而我喜欢这一点。在作为一个犹太人的历史困境及其所有内涵中，我找到了我自己。"（Roth，1975：20）从中可以看出，菲利普·罗斯很清楚自己的身份，很庆幸自己身

———————————

① 关于美国犹太作家不愿意被冠以"美国犹太作家"这一称谓问题，并非是菲利普·罗斯个人所面对的问题，乔国强在《索尔·贝娄、托洛茨基与犹太性》一文中就对贝娄和其他一些著名的美国犹太裔作家如伯纳德·马拉默德、阿瑟·米勒、菲利普·罗斯等受到这一问题的困扰及其原因等进行过论述。乔国强认为这些美国犹太作家生活在一种"心口不一"的悖论中，"这是他们的一种生存策略，即在这样一个看似自由宽松实则诡谲紧张的社会氛围里，美国犹太作家既要坚持生存下来，又不能背弃自己的民族，所能做的就只有采取所谓'顺势而为'的策略，写有关犹太人的故事——该怎么写还是怎么写，但拒绝接受犹太作家这样一个称谓"（乔国强，2012：31）。

为一个犹太人。同时，他对于一个犹太人之复杂性、挑战性是有深刻认识的，他对于身为犹太人之意味深长也是有很深刻的体认的。那么，犹太民族之历史、过去对于他也就别有意味。诚如菲利普·罗斯所言："对我来说，继续写作的最强烈的动机之一就是对于'位置'的越来越多的不信任，包括对我自己的'位置'的不信任。"（Roth，1975：71）显然，此处"位置"的内涵实际就是"身份"以及与"身份"相关的内容所带来的种种影响与后果。

欧文·豪曾认为菲利普·罗斯"也许是第一个没有在道德和想象方面从犹太传统中吸取滋养的人……随着菲利普·罗斯不断出版作品，越来越清楚的是，尽管他运用犹太背景及尖刻的语调，但他并不是那一传统的一部分"（欧文·豪，1995：540）。小贝纳德·福·罗杰斯却认为这一评价实际是把菲利普·罗斯置于了一个两难境地，"当他处理'犹太'主题时会受到猛烈的批评，而当他不处理犹太主题时也会受到批评——甚至更糟糕，他会完全被忽略"（Rodgers，1978：8）。换言之，他认为菲利普·罗斯没有因为其对犹太题材的处理而得到评论界公正的评价。乔治·杰·希尔斯也评论说："身为犹太作家，菲利普·罗斯以民族性构建其小说的结构，从民族问题出发，充分展示了当代社会的现实。"（Searles，1985：19）西奥多·索罗塔洛夫也认为："菲利普·罗斯属于犹太道德者的行列，但他却以犹太性的独特思维方式和浑厚的犹太道德经验迈向人类内心世界普遍存在的两难境地。"（转引自 McDaie，2003：42）阿哈龙·阿佩菲尔德认为"犹太作家"这一称号之所以不为作家所接受，是因为"它始终传递了一种贫穷、不受重视和狭隘的感觉……'犹太作家'这一称号远胜于嘲笑；它就是一种羞辱"（Appelfeld，1988：13-14）。但是，即便如此，他还是坚持认为"菲利普·罗斯是一个犹太作家，这不是因为他自认为是一个犹太作家或是别人认为他是一个犹太作家，而是因为他以一个小说家最娴熟的方式写了朱克曼、凯普什以及他们的母亲、他们的生活以及他们生活中的起伏波动……他从不把犹太人理想化，从不把他提到神圣的地位上，从不使他面目全非；他把他们作为有血有肉的人，讲述他们的成功与失败"（Appelfeld，1988：13-14）。

作为一个犹太作家，犹太民族过去两千多年颠沛流离和无家可归而居于"流散"的状况显然是菲利普·罗斯作品维系的内在因素，而犹太民族历史之殇——犹太大屠杀更是横亘在其心中的一道绕不过去的坎。著名的大屠杀幸存者、长期致力于揭露纳粹暴行并倡导建立"美国大屠杀纪念博物馆"而获得 1986 年诺贝尔和平奖的艾利·威塞尔（Elie Wiesel）曾断言："纳粹屠犹是独一无二的事件，更是独一无二的犹太事件，尽管它同时具有普遍的意义，尽管并非所有纳粹受害者都是犹太人，但每个犹太人却

7

无一例外都是纳粹的受害者。"（艾利·威塞尔，2006：163）菲利普·罗斯在谈到自己1976 年的布拉格之行时说："在沿着河道和老城广场之间的街道行走的最初几个小时内，我明白我自己和这个地方存在着某种联系：这儿是希特勒清洗欧洲犹太人最最严酷的角落之一。早些时候，它一定就像世纪之初我那居住在奥匈帝国伦博格和俄国基辅的家族移民美国前居住过的社区一样。令我惊讶的是，找寻卡夫卡的足迹竟然使我遇见了让我感同身受的东西。"（Roth，1976：6-7）如此，菲利普·罗斯在作品中贯串其对大屠杀的反思、反省并由此揭示美国犹太人之生存现状和诉求也就合情合理、自然之至了。汉娜·沃尔斯-内茜尔在其论著中就曾指出菲利普·罗斯创作中的这一取向，她说："虽然他确实从作为一个美国犹太人的经历中为其作品获得材料，他更是从他在欧洲的犹太同胞那更为扣人心弦的'戏剧'中汲取给养，其欧洲同胞的经历自然使得他的痛苦黯然失色，而且总是使他自己的生活有微不足道的风险，并且使其可怜而又不可信。他的一种手段就是将那段历史拉近，使其靠近自己的家园……由此将在其自身的语境中令人惊惧的东西'驯化''挫败'以便为自己所用。"（Wirth-Nesher，1988：24）默雷·鲍姆加滕和芭巴拉·葛特弗莱德也认为菲利普·罗斯是"最早意识到纳粹屠杀六百万犹太人是如何影响到现代世界的形成并将这一意识引入小说创作中的美国作家之一"（Baumgarten & Gottfried，1990：11）。

早在 1981 年，多萝茜·塞德曼·比力克在其论著《移民幸存者：近期美国犹太小说中的"后大屠杀意识"》（*Immigrant-Survivors: Post-Holocaust Consciousness in Recent Jewish American Fiction*）中对此就进行过论述。比力克对美国 20 世纪五六十年代后具有"后大屠杀意识"的犹太小说家，如伯纳德·马拉默德、艾萨克·巴什维斯·辛格、索尔·贝娄等的创作进行了分析、解读，指出这些小说塑造了居于美国社会边缘的犹太大屠杀幸存者的形象：一方面，他们不能面对大屠杀所造成的严重身体和精神创伤，伤痛和恐怖使很多犹太人无法接受大屠杀的现实，甚至对上帝产生了怀疑；另一方面，他们又必须面对美国文化的同化，不能融入美国文化给他们造成了深刻的无根感和文化不适感，使他们处于精神的严重创伤状态中。比力克由此得出结论，认为这一类型的小说不再是一种同化文学，而是深刻涉及犹太经验及其传统得以持续的重要叙述，它是在"后大屠杀意识"基础之上诞生的。比力克在其论著中也涉及了菲利普·罗斯的创作，指出"菲利普·罗斯还没有创作出一本以犹太大屠杀幸存者为其主人公的作品。但是，作为小说家和评论家，菲利普·罗斯已经表现出对于欧洲犹太传统越来越多的兴趣，这是愈为强烈的'后大屠杀意识'的典型表现……与犹太人、与东欧的联系也许会使作家罗斯和编辑罗斯在未来产出更多成果。罗斯的经历显然是日益增长的

'后大屠杀意识'的极好例证"（Bilik，1981：11-13）。可惜的是，比力克并没有以此为出发点对菲利普·罗斯创作生涯早期作品中的"后大屠杀意识"做出细致、深入、综合性的分析评价。而因为著述时间，她的论著中更不可能涉及对菲利普·罗斯创作生涯中、后期作品（当然也包括"朱克曼系列小说"）的评价，殊为遗憾。

2000 年，史迪文·米洛维茨发表了专著《审视菲利普·罗斯：一位美国作家的集中营空间》（*Philip Roth Considered: The Concentrationary Universe of the American Writer*），指出戴维·卢塞（David Rousset）所定义之 "集中营空间"（l'Univers concentraionaire）"不仅代表着那监禁和灭绝的地点和阶段，而且代表着因那前所未有的罪恶而生出的那个变异空间"（Milowitz，200：2），菲利普·罗斯的创作则直接指向这一空间，"其艺术创作的内在动力之中心就在于关注在一个败坏的、非个人化的世界中发现自我、维系个性和自由以及人之身心如何受到折磨和糊弄，而这一切关注尽皆源于菲利普·罗斯对大屠杀及其对 20 世纪人类挥之不去的影响有着压倒性兴趣"（Milowitz，2000：11）。"集中营空间中的人是忧虑不安的，根本上是无能为力的。如何克服那种无能为力并写作是菲利普·罗斯首要关注的问题。"（Milowitz，2000：19）米洛维茨认为过去的很多研究者不仅没有认识到菲利普·罗斯对于大屠杀及大屠杀对于新一代的影响之关注，反而以大屠杀对犹太人的伤害为口实来评判菲利普·罗斯的作品，坚持认为他以其批判性的、本真的犹太形象书写而贬抑了犹太受害者的记忆，这是不公正的。"显然，全面考察菲利普·罗斯的作品就会发现大屠杀之所有表现（或历史，或教训，或预兆，或记忆，或协谋，或警示）都是菲利普·罗斯所痴迷的主题。与其他美国作家不同，菲利普·罗斯以其想象探究大屠杀的残酷现实是毫不犹疑的。"（Milowitz，2000：14）以此为出发点，米洛维茨对菲利普·罗斯的多部作品进行了解读，其结论认为虽然在写作中运用大屠杀事件使菲利普·罗斯屡历险境，遭遇了形式各异的痛苦、误解和责难，他却没有停止对大屠杀事件及大屠杀对 20 世纪美国生活的重大影响的探索。在其著作的末尾，米洛维茨还以菲利普·罗斯作品的主人公朱克曼的口吻以信件的方式评价了自己的研究，提醒自己（和读者）如果单纯利用大屠杀作为评判菲利普·罗斯的试金石可能会犯简单、教条的过错，而唯一确定无疑的是"菲利普·罗斯利用了生活的悲痛，使之如此美丽——此外再无其他"（Milowitz，2000：203）。

对于米洛维茨的研究结论，迈克尔·罗斯博格却持不同看法，他认为米洛维茨的观点显然"言过其实，没有真正理解大屠杀事件在菲利普·罗斯作品中的模棱两可之处"（Rothberg，2007：53）。罗斯博格认为："菲利普·罗斯关注的不是大屠杀及其对美国生活的影响,他关注的是大屠杀与美国生活之间那无法逾越的距离以及绝大多数缩短那一距离的企图之不可靠。"(Rothberg,2007:53)罗斯博格进一步指出:"大屠杀事件之于美国生活就像是'反历史'。强调大屠杀事件的距离而非其无法抗拒之邻近促成了菲利普·罗斯关于大屠杀的独特视角之中心悖论:赋予大屠杀这一现代历史事件的意义越大,它在美国犹太人的生活中所起的作用就越小。"(Rothberg,2007:53)罗斯博格认为要理解菲利普·罗斯为什么在处理犹太大屠杀这一题材时采用如此悖论性的形式,就必须将其作品放到第二次世界大战后美国对大屠杀的接受这一大背景下来进行。罗斯博格认同米洛维茨的看法,认为大多数的菲利普·罗斯研究成果没有能够历史地看待罗斯对大屠杀所做出的回应,尽管如此,菲利普·罗斯的创作却注定在和一个更大的语境,和大屠杀在美国的接受不断变换的模式进行着对话(Rothberg,2007:53)。在此基础上,罗斯博格对菲利普·罗斯早期的作品《狂热者艾利》(*Eli, the Fanatic*)和《信仰的卫士》(*Defender of the Faith*)、中期作品《遗产》、后期作品《夏洛克行动》《反美阴谋》等所包含的大屠杀书写进行了解读,指出菲利普·罗斯对于大屠杀话语进入美国生活并最终波及美国生活的方方面面之变换过程是心知肚明的,他的创作已经证明了他一直以来的疑虑:虽然犹太人在任何地方都将他人视为敌人、将大屠杀视为其身份支柱的倾向,这从历史的角度看是可以理解的,但有矫枉过正之嫌。菲利普·罗斯的创作似乎是要告诉我们:"越是严肃地将大屠杀作为历史来看待,厘清对当下生活做出定义的那些多种多样的遗产——喜剧也好悲剧也罢、日常生活也好极端事务也罢——就越发重要。"(Rothberg,2007:64-65)

作为一个生在美国长在美国的犹太作家,菲利普·罗斯的创作具有较为深切的"后大屠杀意识",该意识直接影响和决定了其创作是不容置疑的。本书拟将菲利普·罗斯的"朱克曼系列小说"置于根植于大屠杀这一历史事件的"后大屠杀意识"视野的观照之下,以文化分析和文本阐释为基本方法,对其进行系统的、整体性的研究,力争跳出已有研究的局限,突破其局限于菲利普·罗斯的犹太族裔身份而忽略了其美国身份的研究立场,将其中关涉犹太人的问题放到后大屠杀时代的美国社会背景中进行分析、解读,证明其创作不仅表现出对于犹太性的维系,更表现出对后大屠杀时代美国社会的后大屠杀话语构建趋向的反思,探讨了如何将大屠杀这个犹太民族历史上的创伤事件普世化以促成第二次世界大战后美国社会的道德进步这一问题,也证明菲利普·罗斯确实如他自己所言是一个立足美国现实进行创作的美国作家而非囿于其族裔身份的美国犹太作家。

第一章　后大屠杀话语构建及影响

犹太大屠杀代表着人类历史上的一场大灾难，它所带来的创伤记忆属于全世界，自发生之日起就从未停止过对人类良知的拷问，它"一劳永逸地粉碎了西方理性和文化作为促进普遍宽容的必要手段的迷梦，直接影响到今天人类彼此之间的理解和对世界和平的构想"（宋立宏，2007：1）。今天，犹太大屠杀这个"标志着民族和种族仇恨、暴力以及战争的事件"已经转变为"一个代表着人类苦难和道德堕落的普遍性象征符号……为民族、种族和宗教的正义，为相互理解，以及为以和平方式解决全球冲突，都创造了空前的机遇"（杰弗里·亚历山大，2011：25）。诚如齐格蒙·鲍曼（2002：2）所言："大屠杀是一扇窗户……透过这扇窗，你可以难得地看到许多通过别的途径无法看到的东西。透过这扇窗看到的一切，不仅对罪行中的犯罪者、受害者和证人，而且对所有今天活着和明天仍然要活下去的人都具有极端的重要性。"简言之，犹太大屠杀已经不再是只属于犹太人的记忆遗产，而是成了世界人民的共同记忆，时刻提醒人们要牢记人类发展史上的这段悲剧并避免类似历史事件再度发生。

第一节　从"隐性在场"到关注焦点

第二次世界大战后的一段时间内，犹太大屠杀作为一种不可言说的"隐性在场"广泛存在于公共和私人空间，形成了一种"集体健忘症"的表象，不仅是德国人热衷于忘记纳粹政权的罪行，整个世界也过快地开始忘记了。"大屠杀经常作为发生在犹太人身上，而且仅仅是发生在犹太人身上的悲剧，沉积在公众的意识里，因此对于所有其他人而言，它要求惋惜、怜悯，也许还有谢罪，但也仅此而已。"（齐格蒙·鲍曼，2002：3）美国学者海丽恩·弗兰兹鲍姆就指出："20 世纪 50 年代没有多少人对大屠杀表示关注。"（Franzbaum，1999：2）另一位学者彼德·诺维克在《美国生活中的大屠杀》（*The Holocaust in American Life*）一书中也指出，第二次世界大战后的二十来年间，在美国社会很少有人谈论犹太人的不幸遭遇，直到 20 世纪 70 年代这一话题才有人重新提及并很快引起人们的关注（Novick，1999：1-2）。

　　事实上，大屠杀这一历史事件是在 1961 年以色列情报机构"摩萨德"从万里之外的阿根廷将潜逃的原党卫军官僚、"最终解决"①的主要设计者之一阿道夫·艾希曼（Adolph Eichmann）秘密押解回以色列，并在耶路撒冷对其公开审判才真正开始吸引人们的关注的。多萝茜·拉比诺维慈指出："在 1961 年，大屠杀这一主题还未获得数年后它所获得的地位。历史写就之后，其研究之火才成燎原之势。"拉比诺维慈还认为艾希曼的审判是"一系列震惊事件的始作俑者，这些事件不定期地、但愈加强烈地拉近了美国犹太人与大屠杀意识之间的距离，拉近了他们与以色列生死存亡的斗争之间的距离"（Robinowitz，1976：191）。艾兹拉伊也认为艾希曼的审判是"美国对大屠杀理解的分水岭"（Ezrahi，1980：180），它促使更多的作家觉醒并创作出有分量的作品以对大屠杀及其影响做出回应。著名犹太裔学者汉娜·阿伦特在艾希曼的审判后撰写了《艾希曼在耶路撒冷：有关"平庸的恶"的报告》（Arendt，2006），提出了"平庸的恶"（the banality of evil）这一引起极大争议的概念，强调应该区分法律上的犯罪和政治、道德上的责任之问题，也使学界真正开始了对大屠杀这一历史事件的理论探讨和反思。

　　20 世纪 70 年代之前的研究主要注重关于大屠杀的档案资料的发掘与公布，其主要指向是大屠杀的过程及其发生的原因。自 20 世纪 80 年代起，美国、以色列、欧洲普遍兴起了对"后大屠杀时代"的研究，除历史学家外，社会学家、心理学家、人类学家、新闻工作者等参与进来，使大屠杀研究逐渐成为一门显学，"主要研究源于纳粹屠犹并影响到后纳粹屠犹时代②的种种社会现象，尤其是围绕着幸存者以及纳粹屠犹之后犹太人思想的变化等问题"（张倩红，2007：105-106）。大屠杀终于成为一种"显性在场"而处于公众关注的焦点，"即使对大屠杀没有直接记忆的人也已经认识到，大屠杀意味着一个民族失去其三分之一的人口，失去其文化、语言与历史。这个独特的历史事件已经渗入了大众的意识中去了"（波尼·V. 费特曼，1998：2），根植于知识分子人文思考的"后大屠杀意识"也随之产生。这是历史的必然，恰如耶尔恩·吕森所言："随着时间距离的加大，回忆和历史意识之间就产生了差别，就是说自然而然地就形成了从回忆到历史意识的转变……在人们对纳粹时期的回忆逐渐获得历史意识特征的过程中，纳粹大屠杀也在同样程度上获得了自己的历史意

---

　　① "最终解决"是一个纳粹术语，指涉第二次世界大战期间纳粹德国所制定的从肉体上消灭欧洲所有犹太人之计划，通过实施这一计划，纳粹德国意图一劳永逸地解决所谓的"犹太人问题"（Jewish question）。该计划最初由希特勒在 1941 年 12 月 12 日在其演讲中公开提出，随后在 1942 年 1 月 20 日召开的万湖会议（Wannsee Conference）得以系统论证并确认实施。

　　② 引文中出现的"后纳粹屠犹时代"即指"后大屠杀时代"。

义。"（耶尔恩·吕森，2007：179）

　　"后大屠杀意识"的产生直接与第二次世界大战后犹太人的生存状况相关联。随着欧洲（尤其是东欧）犹太社区的毁灭，犹太人不得不面对流落异乡的命运，犹太人的中心也由欧洲转向了美国和以色列，大多数犹太人都遭遇了与自己的家人、故乡、传统、文化、语言等的割裂，其心灵也遭遇了种种难以言说的创伤，迥异的生存环境所带来的孤独感和无助感以及创痛后内心的复杂情感使许多犹太人选择了沉默地生活，孤立、封闭而拒绝和外部世界交流。与此同时，犹太人却更加注重自身犹太人身份对自己行为的规范和道德立场的约束，如何维系犹太性成为他们生活的标杆。[①] 在美国，美国政府和美国的犹太团体都因为在大屠杀期间没有对欧洲犹太难民提供有效的救助而招致了方方面面的严厉批评和谴责，人们在第二次世界大战后初期似乎大都有意识地回避与犹太人相关的问题，大屠杀也就变成了一个敏感的话题。美国社会赋予非犹太幸存者的同情和认同都比赋予犹太人的要多，甚至在美国公民与国家领导人就第二次世界大战后紧急移民的名额分配进行投票公决时，流离失所的德国公民排在首位，而犹太幸存者却排名垫底（杰弗里·亚历山大，2011：28）。

　　即便是在犹太人梦寐以求的精神家园以色列社会，犹太人本身也存在着分化，不同的政治派别围绕大屠杀这一事件在方方面面进行着权力的较量和争夺，对于大屠杀的叙述也存在着公共记忆与私人记忆的显著差别（Shapira，1998：40-58）。在以武装反抗为核心的英雄主义主流话语的影响下，出生在以色列本土并在其教育体制下成长起来的、没有亲身经历大屠杀的犹太人对于大屠杀的幸存者也采取了一种挑剔的态度，认为数百万欧洲犹太人"像羔羊一样走进屠场"是软弱无能的，与那些在黑暗年代和纳粹德国英勇抗争的犹太人适成对照，与以色列人所追求的精神即坚韧、团结、奋斗、开拓的主流社会价值观也不符合。社会的种种偏见和忽略使那些亲身经历了犹太大屠杀的犹太人落入了另一个泥潭，其创伤记忆只能在暗地里存在或流传，使他们产生了一种因自己"偷生"而内疚的体验：大屠杀幸存者为失去亲人而内疚，为自己通过各种各样手段生存下来而内疚，为自己在面对纳粹暴力时没有勇敢斗争而内疚，为自己没有把可能的生存机会让给自己的亲人、朋友而内疚。"每一个经历过希特勒时代的犹太人都怀有一种同大屠杀有关的负罪感，似

---

　　① 艾利·威塞尔在其著作中曾论及这种状态并将其命名为"隐秘的存在"（private existence）（Wiesel，1978：189）。菲利普·罗斯早期的短篇小说《狂热者艾利》对此有很好的反映（菲利普·罗斯， 2009：225-274）。乔国强对该小说进行了比较详尽的分析、解读（乔国强，2008：446-453）。 迈克尔·罗斯伯格（Michael Rothberg）也对该小说中的大屠杀书写进行过分析（Rothberg，2007：52-67）。

乎他——尽管在大屠杀发生时他还只是个孩子——能够采取措施避免这场惨祸的发生，或帮助某个人跳出火坑。"（查姆·伯特曼，1995：253-254）总之，他们几乎可能因为自己在纳粹暴力高压下的任何行为而产生内疚的心理，认为自己的幸存实则是苟且偷生的结果。他们始终处于反省之中，背负着沉重的精神压力，体验着痛苦的人生，继续经历着噩梦、悲哀、痛楚和恐惧，其状况甚至还严重地影响到他们的后代。直到 20 世纪七八十年代，他们的状况才引起了一些研究者的关注，反映犹太幸存者的著述大量出版，各种纪念活动不断出现，犹太大屠杀才再度成为关注的焦点。彼时，幸存者也已经逐渐适应了当下的生活，美国社会和以色列社会对于犹太幸存者的理解程度也日渐深入，犹太幸存者的子女对于父辈的苦难也有了越来越理性的认识。这些有利条件促使越来越多的犹太幸存者终于重燃希望，决定打破沉默，承担起自己应尽的两项责任："一是记住并保存纳粹屠犹这个可怕的历史记忆，并要'把个人的经历转化为历史的意识与民族的记忆'；二是为纳粹罪行提供新的证据，证明纳粹屠犹政策确实存在。"（张倩红，2007：110）正是在这样一个过程中，人们对犹太大屠杀的认识发生了变化，大屠杀本身的含义也发生了变化。

第二节　犹太大屠杀的重构

从宗教角度看，源自希伯来《圣经》的"选民"观念在犹太人流散的过程中得到了很大的强化，甚至已经成为犹太人思想意识中的一种优越心理。但是，后大屠杀时代，犹太人内部在对上帝的信仰上出现了分化：正统派犹太人对上帝的信念更加坚定，认为犹太民族所遭受的巨大苦难不过是救世主弥赛亚降临前的阵痛，犹太人一定不能因此而屈服，而是要继续对上帝信仰并为之献身；但是另外也有不少的犹太人因为大屠杀而生出对上帝的失望，质疑自己的信仰，甚至放弃了对上帝的虔敬态度。在第二部分犹太人看来，上帝并没有如人们曾经相信的那样使善良战胜邪恶，相反，他任由大屠杀这样的丑陋罪愆践踏人性，造成了无法挽回的伤害。如此，上帝于大屠杀也有逃脱不了的干系。犹太神学家马丁·布伯在《论犹太教》一书中对此做过如下表述：

> 在我们这个时代，人们一遍又一遍地问：在奥斯维辛集中营之后，犹太人的生活将如何仍是可能的？我想这样的提法会更正确一些：在存在这奥斯维辛集中营的时代，与上帝在一起的生活如何仍是可能的？上帝与人的疏离

感已变得太残酷，其隐藏也变得太深。尽管人们仍会"相信"令这些事情发生的上帝，可人们还能向他诉说吗？人们还能听到他的讲话吗？作为一个个体和作为一个民族，还能完全与他保持一种对话关系吗？人们还能向他呼喊吗？我们敢这样劝告奥斯威辛集中营的幸存者，毒气室的约伯"要称谢耶和华，因为他本善，他的仁慈永远长存"吗？（马丁·布伯，2002：195）

这一系列的问题引发了西方的学者（包括基督教学者）重新去认识和反思犹太教与基督教的关系，去探讨犹太人与基督教徒共同拥有的价值观与理念及其对于西方世界构建的贡献①，使人们认识到基督教反犹太主义与大屠杀的发生是有着直接的关系的。到了 20 世纪六七十年代，基督教与犹太人的关系也终于实现了由对抗到和解的转变，如 1962—1965 年梵蒂冈第二次大公会议就通过了题为"我们的时代"的声明，承认基督教与犹太教的同源性，承认耶稣的犹太出身，解除了许多针对犹太人的指控。

虽然犹太人内部有着对上帝的怀疑，一些人甚至完全摒弃了宗教信仰，但维系"犹太性"的重要性反而被推到了一个前所未有的高度。在绝大多数犹太人的意识中，纳粹德国的最终目的就是要根除犹太人的犹太性，使犹太意识、犹太精神、犹太文化彻底毁灭，而坚守犹太性恰是对纳粹德国最有利的反抗，否则就是对自己和民族的背叛，是使逝去的六百万同胞蒙羞。正是这一意识强化了犹太人的民族认同，促进了犹太民族意识的觉醒，使生活在不同地区、具有不同社会身份的犹太人在理念和主观认识上更加强化了自身的犹太身份，其终极的结果则是促进了犹太复国主义②的全面兴盛。有学者就评论说："一场突如其来的灾难过后，欧洲犹太人出现了

15

---

① Finkelstein L. 1949. *The Jews: Their History, Culture and Religion.* New York: Harper & Brothers Publishers; Tillich P. 1952. Is there a Judeo-Christian tradition? *Judaism.* Vol. 1: 106-109; Silk M. 1984. Notes on the Judeo-Christian tradition in America. *American Quarterly.* Vol. 36, No. 1 （Spring）：65-85; Cohen J& Cohen R I. 2008. *The Jewish Contribution to Civilization: Reassessing an Idea.* Oxford: The Littman Library of Jewish Civilization.

② 犹太复国主义根据其英文 Zionism 音译为"锡安主义"，是西方资产阶级自由民主思想和犹太人的传统观念相结合的产物，其理论思潮发端于 19 世纪中叶，在犹太思想家穆萨·海斯、佩雷兹·斯莫伦斯金、摩西·利连伯鲁姆、利奥·平斯克、希尔什·卡里舍、西奥多·赫茨尔、阿哈德·海阿姆等鼓动下兴起。早在 19 世纪 40 年代，犹太拉比奥克雷（Rabbi Yehuda Alcalay）就发表了许多犹太复国思想的文章。1896 年，匈牙利籍犹太律师西奥多·赫茨尔（Theodore Herzl）在其著作《犹太国》一书中就完整地阐释了犹太复国主义思想。次年 8 月，犹太复国主义者在瑞士巴塞尔召开了"第一次世界犹太复国主义者代表大会"。犹太复国主义的核心表现为犹太人返回耶路撒冷复兴犹太国家的运动，其结果是 1948 年 5 月 14 日以色列国的成立，犹太人由此有了自己的主权国家。以色列建立国家之后，作为其思想武器的锡安主义成为官方意识形态，历届政府所推行的政策中都不乏基于极端民族主义的种族主义因子。1975 年的联合国大会据此认为锡安主义是种族歧视的形式之一，曾经使犹太人深受其害的种族主义、狭隘民族主义反而在一定程度上成为犹太民族发展的精神枷锁。

意识形态的困顿与缺失，而犹太复国主义在很大程度上填补了这一思想真空。"（张倩红，2007：117）犹太人遭遇史无前例的大屠杀时，西方所谓的民主社会因为国内政治经济的严峻形势、反犹主义的沉重压力、对战争与法西斯势力的恐惧心理等而弃之于不顾。这使许许多多犹太人失去了对外部世界的信任，使他们认识到只能依靠自己来保护自己，一种以犹太民族利益为核心，以强悍的意志力、极端的忧患意识、执着的成就感、漠然对待非犹太人世界为主要特征的民族特性在犹太人身上逐渐形成并最终在犹太人自己的家园——以色列的建设与发展中得以体现。以色列人是这样陈述纳粹大屠杀之于以色列社会的作用的：

> 纳粹大屠杀在日常生活中的体现有着很长的名单。注意听每一个被讲述的内容，你将发现其中无数次提及纳粹大屠杀。纳粹大屠杀遍布于媒体与公共生活、文学、音乐、艺术、教育。这些公开的体现形式隐藏着纳粹大屠杀最深层次的影响。以色列的安全政策，恐惧与偏执、负罪与归属，都是纳粹大屠杀的产物……在希特勒于柏林自杀身亡六十年后，他的手依然能够触摸到我们……以色列将那些甚至在我们出生之前死去的纳粹大屠杀死难者归化，将他们纳入以色列国家的怀抱之中……因此，我们的死者并没有安静地歇息，而是十分忙碌，通常作为我们当前悲伤生活的一部分。（转引自张倩红，2015：335）

与此相类似，美国国内犹太人的生活也如欧文·豪（1995：569）所言具有了一种 "自我矛盾性"：犹太人一方面在享受着社会、经济发展所带来的和平、安逸，另一方面又深深卷涉到了犹太大屠杀所带来的种种影响之中，他们无法把这两者统一协调起来，因为这种生活经历本身就是 "一种分裂，任何人，哪怕他仅保留着最薄弱的犹太身份意识，也必须尽可能地与它生活在一起"（欧文·豪，1995：570）。尽管如此，人们却没有放弃协调犹太大屠杀与现世生活的努力，正是在这样一种努力的过程中，犹太大屠杀这个对犹太人造成了极度精神创伤的历史事件以另一种方式被人们所接受，"在过去的 50 年中被重新界定为对全人类都造成了精神创伤的事件。如今，这个创伤性事件与其说寓于特定情境中，不如说是没有确定情境的……它生动地'活'在当代人的记忆中"（杰弗里·亚历山大，2011：25）。换言之，犹太大屠杀这一历史事件已经在这个过程受到了社会的重新建构，成为一个文化事实，并对社会生活和道德生活产生着持续不断的影响，它 "为后世留下的普世意义和启示，已经远远超过了直接涉事的犹太人和德国人，也远远超越了一桩历史公案所引发的是非争议。对于某些国家、民族和群体而言，它是重构自身认同的关键参照和认识社会历史的棱镜"（潘光，2009：1）。

第三节　犹太大屠杀的"神圣化"与"普世化"

在美国，犹太大屠杀一开始并不是今天意义上的"犹太大屠杀"，而是"作为某种'暴行'的典型代表出现在人们的视野中……人们将其置于所谓'人对人的非人道'行为范畴的边缘……（人们）认为这些都是在那场极度不自然的、最最不人道的第二次世界大战的邪恶风之下所产生的必然后果"（杰弗里·亚历山大，2011：25）。之所以会出现这样一种认识，在很大程度上与犹太人因为不同的宗教传统而在西方基督教社会无法得到非犹太人的心理认同相关联。人们在谈论大屠杀时更多地强调纳粹主义是一种绝对的、不可调和的恶，它威胁到人类文明的未来。犹太人在这一话语过程中为人们所谈论，其基本原因不过是纳粹主义越来越被看作是普世主义的敌人，犹太人却是纳粹最痛恨的敌人。换言之，犹太人被纳粹主义单列出来作为最大的敌人，那么反纳粹主义者也必然将犹太人所受到的伤害单列出来作为反对纳粹主义的最有效明证，而犹太人所遭遇的大屠杀更多地被作为一个战争故事而呈现给了美国民众，犹太人遭到灭绝所带来的创伤也就成了纳粹之恶所带来的一系列后果中的一个部分。人们对犹太人大屠杀"独一无二"的性质不仅没有认识和理解，反而走上了将犹太大屠杀泛化的路径，"一种把'那'所有的一切抛诸身后继续生活的态度普遍流行"（阿尔文·H. 罗森菲尔德，2007：38），"串谋起来企图从犹太人那里盗走大屠杀，使之'基督教化'或者把其独特的犹太性消融在一种毫无特征的'人性'苦难之中"（齐格蒙·鲍曼，2002：3）。这种思想在美国人中也颇有市场，关怀并鼓励大屠杀幸存者忘记不堪的过去，继续前进以迎接美好未来成了美国民众普遍的诉求。

尽管并没有对遭遇了史无前例的迫害的犹太人产生心理认同，非犹太裔美国人却开始了摒弃反犹主义的战斗，以期能够对犹太人有所补偿，在宗教、政治、通俗文化等方面出现了有利于犹太人的局面，"去纳粹化"成为美国社会主流意识的有机组成部分。美国人由此成为"在重构新的道德秩序中走在最前面的社会行动者，他们致力于终结美国的反犹主义，并以此来为那些在反纳粹斗争中牺牲的人们，尤其是犹太遇难者作出弥补。这个目标关注的焦点并不是犹太大屠杀，而是一种战后社

17

会清洗任何类似于纳粹污点的需求"（杰弗里·亚历山大，2011：47）。这一需求即齐格蒙·鲍曼（2002：6）所言，"对沉积在公众意识中的大屠杀形象进行清洁化（sanitation）的过程"，这一过程更多地"关注大屠杀的德国性（Germanness）……认为大屠杀的刽子手是我们文明的一种损伤或一个痼疾——而不是文明恐怖却合理的产物——不仅导致了自我辩解的道德安慰，而且导致了在道德和政治上失去戒备的可怕危险……总的结果就是将刺痛从大屠杀的记忆中拔了出来"（齐格蒙·鲍曼，2002：7）。

　　这一变化的直接结果是美国犹太人在实践领域、文化的地位上都发生了非常大的转变，犹太人团体中的政治激进主义势头日渐活跃，犹太人也更加大张旗鼓地以积极进取的精神去干预公共领域的各种事务并在反对反犹太人配额制度等方面取得了积极成果①。甚至是在通俗文化中，以《安妮日记》《君子协定》（Gentleman's Agreement）为代表的一批以反对反犹主义为主题的作品在美国社会也得到了前所未有的理解和宽容，犹太人也由此为自己民族所具有的"符号"价值而自豪和骄傲。而在政治上，美国社会对于犹太民族的这种理解和宽容而导致的补偿心理使大多数美国人愿意看到一个犹太国家建立以结束犹太人千百年来流离失所的生存状态，其最代表性的表现就是美国总统杜鲁门不顾英法的反对而支持在巴勒斯坦建立全新的犹太国家以色列。简而言之，"在建立一个没有纳粹的未来的过程中，犹太人的概念第一次在类比意义上被拿来与美国的'民主'和'民族'的符号相联系"（杰弗里·亚历山大，2011：46），犹太人也以纳粹意识形态的对立面的形象在美国社会生活中鲜活起来，占据了美国道德生活、政治生活的制高点。

　　与此同时，神圣化犹太大屠杀的进程也在进行当中。犹太大屠杀的恐怖暴行程度如此之深，它对犹太民族所造成的精神创伤如此之重，以至于它被作为一个独一无二、史无前例的历史事件而与世上其他的创伤性事件分离开来。这不仅使它具有了一种特殊性，而且使它具有了一种不可解释性：犹太人反对把纳粹大屠杀当成第二次世界大战的一个附属部分来研究探讨，认为纳粹大屠杀是一场独立的、针对犹太人的战争；

---

　　① 1948年以色列建立国家前，阿拉伯人和犹太人为了争夺生存空间而在巴勒斯坦地区进行激烈的斗争。英国虽然在1917年的《贝尔福宣言》（Balfour Declaration）中就许诺要重建犹太家园，但因为自身政治利益的考虑而在犹太人和阿拉伯人之间采取了一种骑墙的态度。在此情势下，犹太复国主义者主要通过在美国影响美国国会来迫使英国增加犹太人的移民配额。1935年后，随着纳粹德国对欧洲犹太人的迫害升级，在美国的压力下，英国将犹太人的移民配额增至每年13万人以上（此外，还有大量犹太人非法移民进入巴勒斯坦）。美军粉碎纳粹政权占领德国西部后，大量的犹太人仍然被关在集中营里，美国犹太人再次游说政府向英国施加压力，迫使英国增加犹太移民数量，大量的欧洲犹太人因此得以转移到巴勒斯坦。

反对把反对和迫害犹太人的历史当成一般的种族主义事例，认为只有犹太人才配得上纳粹大屠杀"最大受害者"的身份，其他群体不应该为此与犹太人产生争议；反对把纳粹大屠杀当成一般的历史事件，认为纳粹大屠杀是独特的、不可比拟的。神圣化犹太大屠杀最典型的例子当属法国犹太裔导演克罗德·朗兹曼（Claude Lanzmann）（Vice，2011；王炎，2007：31-35/43-53）。朗兹曼曾以一部长达九个多小时的纪录片《浩劫》（Shoah）为通过影视形式再现"大屠杀"历史奠定了重要基础。朗兹曼始终坚持用古希伯来词"浩劫"（Shoah）作片名而坚决反对英国战争宣传最先用来指称纳粹德国屠杀犹太人的大灾难之词汇"大屠杀"（Holocaust）。他认为源于古希腊语的词汇 Holocaust 一词所表示的"burnt offering"（燔祭）或"natural disaster"（自然灾难）之义与欧洲犹太人的遭遇是不相吻合的，欧洲犹太人遭遇的大屠杀是一场无可比拟、无法估量的浩劫，绝对没有任何救赎的可能，"将影片以希伯来语命名为'浩劫'使其中心聚焦于纳粹种族灭绝行动的犹太受害者"（Vice，2011：24）。他也反对将以色列建立国家作为灭绝欧洲犹太人的现世救赎这一犹太复国主义观点，坚持认为浩劫是绝对的毁灭。苏·维斯在分析纪录片《浩劫》的结尾时就评价说："《浩劫》没有暗示某个人或者以色列国可以带来救赎，它的结尾是令人感伤的画面，预示着大屠杀遗产无尽的展现。"（Vice，2011：43）王炎（2007：35）也认为："通过《浩劫》这部影片挖掘对不可想象的灾难的记忆，朗兹曼要为屠犹的历史建立起'火与剑'的围栏，使之神圣化，永不被玷污。"摩西·齐默尔曼（2007：238）则对于第二次世界大战后犹太人在其民族认同的新基石——大屠杀苦难记忆之中所生发出的这种道德优越感，即作为人类最大浩劫的无辜、清白之受害者而生发出的道德优越感总结说："总之，不仅要把犹太人的历史说成是受害史，而且还要把它当做一种无与伦比的历史接受下来，应该把它当做这样的历史而深刻印在以色列人的集体回忆之中。"

　　但是，即便如此，对犹太大屠杀的普世化过程显然并没有停止脚步：要影响美国主流社会并最终引起世界的关注，要让美国和世界接受、认知和理解纳粹大屠杀，要实现对美国外交政策的影响以利于犹太人家园以色列国的发展壮大，要获得世界对犹太人的体认，纳粹大屠杀话语中就不可避免地要打上占据了强势地位的美国主流社会文化的烙印。"犹太大屠杀话语的建构……变成了美国以西方为中心建立起整个世界秩序和价值体系话语的一个有机的部分，直接指涉着国际政治角逐的世界舞台，并力图在所有民族国家之上建构一套以抽象的普遍人性为基础的价值认同……犹太受难的话语寄生在战后世界普遍秩序话语的内部，它们相互补充，此生彼长。"（王炎，2007：73）大导演斯皮尔伯格获得过巨大商业成功的电影《辛德勒名单》就是这样一种普世化进程的典型表现，其对于犹太大屠杀的处理实际上是以好莱坞经典叙事的套路① 进行的。朗兹曼曾经严厉批评过《辛德勒名单》，认为它"愚蠢地将《浩劫》有意留下的空白都填满了，使形象空白所营造的神圣感损失殆尽，使屠杀感官化（sensationalizing）和日常化（trivializing）了，因而不过一部卡通版的《浩劫》而已"（转引自王炎，2007：33）。但是，对像斯皮尔伯格这样的第二代美国犹太人来说，他们没有欧洲犹太人的道德优越感，也没有对以色列国家政治的狂热。"他们只认同美国新大陆对五百万美国犹太人的救赎，更相信自己是欧洲种族灭绝的幸存者。他们在大屠杀与自己的身份之间营造一种暧昧、神秘的联系，从而在美国族群政治中拥有强大的话语强势。"（王炎，2007：38）其结果自然是犹太大屠杀这一历史事件失去一些犹太人希望它所拥有的神圣性，受难者的个人记忆被转化为大众文化中可重复再生产的公共记忆。恰如乔治·利普西慈所言："在被大众传媒全面渗透的世界中，时间、历史和记忆都有了质的变化，人们以生活在同一地域或拥有的祖先为缅怀过去的前提，影视观众可以与从未谋面的族群体认共同的传统遗产，也可以在没有地缘和生理关联的背景下，获得相同的历史记忆。"（转引自王炎，2007：38）在对犹太大屠杀故事的一次次讲述中，犹太大屠杀的精神创伤最终取得了道德责任中的核心位置，它不仅是基于一种情感的需要，更是成为一种道德志趣的表达。"犹太大屠杀成为 20 世纪最广为理解、最具情感震撼力的精神创伤。这些令人伤感的事件一度只是犹太受害者的精神创伤，现在却得到了推广和泛化……这个犹太人的可怕创伤终于变成了全人类的精神创伤。"（杰弗里·亚历山大，2011：55）

又或者，"从某种意义上说，'犹太人'始终是欧洲史上的特定'选民'：一个内在的他者，一名自我的异类。那是一个持续不断的命名与释义，那是一次又一次的招魂和招魂仪式后的血祭……犹太人在欧美世界中的象征意义与位置，使之成一个硕大且有效的寓言式能指，可以用来呈现任何一个获命名又遭遮蔽、受放逐与迫害的异类、弱势与边缘"（戴锦华，2007：9-10）。简言之，在第二次世界大战后的美国，犹太大屠杀被构建成了涉及政治、种族、意识形态、文化传统等诸方面的话语。在此基础上，人们对犹太性、犹太人、犹太大屠杀等议题产生了不同的理解，与种族和种族传统相关的许多方面成为一个可以"制造"的事物。"后大屠杀意识"既与犹太大屠杀相关联，

---

① 好莱坞经典叙事的套路：情节由简单、线性的因果关系串联，压抑一切异质性的历史偶然或混乱；将广阔的历史背景浓缩到主人公的个人命运和浪漫史中，相爱伴侣的悲欢离合往往写照了宏大历史的兴衰沉浮；屡试不爽的最后一刻得救；通俗情节剧的起伏跌宕以及最后的大团圆结局。转引自王炎，2007：37。

同时又将犹太大屠杀经历的痛苦进行了处理，将现世所有的不对等行为、暴力行径等解读为与"大屠杀"相关的政治事件。这些认识进一步促进了犹太大屠杀的普世化，犹太大屠杀也在更广、更深的范围内得到运用，其"神圣化"（亦即特殊化）程度也进一步减弱，因为理解、解读犹太大屠杀而产生的道德准则也就超越了单一的犹太族群或美国，从而被运用到了现代社会的道德构建过程中。

就文学表现而言，尽管西奥多·阿多诺[①] 断定"奥斯威辛之后写诗是野蛮的"（Adorno，1981：34），尽管欧文·豪（1995：570）认为犹太大屠杀后人们在文学方面的大量努力"大多数在纯粹的文学方面均注定归于失败"，"后大屠杀意识"文学却已无可辩驳地成为这一话语构建洪流的有机构成部分。恰如德国著名作家、诺贝尔文学奖获得者君特·格拉斯（2006：132）所言："在奥斯维辛之后写作——无论写诗还是写散文，唯一可以进行的方式，是为了纪念，为了防止历史重演，为了终结这一段历史。"

狭义上，那些利用自己或他人的经历，辅之以丰富想象力再现已经消失的犹太人社区，并深切关注大屠杀幸存者命运或者探讨大屠杀背景下犹太人命运与身份构建的文学作品就可以说包含"后大屠杀意识"。而广义上，第二次世界大战后所有在主题上直接或间接与大屠杀这一历史事件以及后大屠杀时代犹太人命运与身份构建相关的文学作品都具有"后大屠杀意识"。"后大屠杀意识"文学是在"后大屠杀意识"基础之上产生的，其主题不仅局限于被美国文化同化的犹太个人或种族经历的叙述，而且是转向追寻犹太的特性与过去，关注犹太人在后大屠杀时代的未来走向，并由此形成了在语言形式上与前期犹太移民小说趋同、在思想内涵上寻根的风格。简言之，在文学表现上，后大屠杀话语同样具有了普世化的特征，大屠杀这一历史事件被文学实践者利用以适应自己的主题表现，并最终达成促进社会道德水准提升的终极目的。

21

---

① 西奥多·阿多诺（Theodor Adorno，1903—1969），德国著名哲学家、美学家，法兰克福学派的主要代表之一，主要的哲学、美学著作有《启蒙辩证法》《新音乐哲学》《多棱镜：文化批判与社会》《否定的辩证法》《美学理论》等。

第二章　"后大屠杀意识"观照下的犹太书写

犹太人在美国社会担当着不可或缺的角色。"犹太人的重要性体现在他们的宗教、文化和经济上的成就对文明产生的影响。长久以来，犹太人都是美国少数群体中最重要的非基督徒，他们在美国的文化、经济以及政治生活中发挥了超过自身规模的作用。"（乔纳森·萨纳，2010：4）美国第一代、第二代犹太作家，如亨利·罗斯（Henry Roth）、艾萨克·巴什维斯·辛格、伯纳德·马拉默德等所塑造的犹太人形象基本都是正面的，表现了犹太人善良、正直、忍辱负重为他人等优秀品质。但是，自身为犹太人的菲利普·罗斯的第一部短篇小说集《再见，哥伦布》起，其小说就因为不同于以往其他犹太作家的犹太形象书写而表现出极强的颠覆性，在很大程度上打破了以往犹太形象书写的模式。莫里斯·迪克斯坦（2005：309）就曾评价该书"显示了作者具有善于聆听犹太裔美国人话语和洞察讽刺性细节的出色本领。这是一个现实主义的菲利普·罗斯，是亨利·詹姆斯的学生，而不是像伯纳德·马拉默德和艾萨克·巴什维斯·辛格等人那样的寓言家，或者是像贝洛那样主要生活在自己的头脑中、终日沉思默想的知识分子"。欧文·豪（1995：540-541）则认为："构成罗斯一些早期小说的是对犹太中产阶级之粗俗的有力批判，但这并不能说明，这些批评始于对一系列规范或记忆的牢牢掌握。罗斯的文化角色并不仅反映了年轻美国犹太人的杜绝——他也许会说分立而且反映了年轻美国犹太人对其犹太性的恼怒。似乎他是他所抱怨的那一文化背景的俘虏。"国内学者高婷（2011：23）也认为："菲利普·罗斯在前期作品中集中揭示了犹太民族的劣根性，对犹太传统伦理道德进行了猛烈抨击，从而在他的作品呈现出对犹太性的一种逆向性认知。"

但是，我们注意到，在"朱克曼系列小说"的开篇之作《鬼作家》和完结之作《退场的鬼魂》中，菲利普·罗斯以犹太作家内森·朱克曼年轻时、年老时的经历叙写为途径，涉及了与犹太形象书写、大屠杀创伤记忆、犹太性的坚持等问题相关的话题的探讨，揭示了自己对"作家何为？犹太何为？"等问题的思考，表达了一个犹太作家对于后大屠杀时代美国犹太民族精神状况的认识，同时也表现了菲利普·罗斯有关犹太形象书写普世化这一问题的反思。

第一节　犹太形象书写的普世化与犹太性的维系

菲利普·罗斯开始发表作品的年代正是美国历史上暗流涌动、山雨欲来风满楼的时代，爱国主义、经济繁荣、社会流动、种族隔离以及即将到来的各种运动和社会动荡之先声都使得美国的老一代和年轻一代之间出现越来越多的问题、隔阂和冲突，对于在这种典型的美国文化中成长起来的第二代、第三代犹太人后裔年轻人更是如此。"对于菲利普·罗斯和他的同代人来说，反叛父辈，包括反叛他们在文学上的父辈们的紧迫感，与得到其赞许的急切需要相辅相成；满怀钟爱地沉浸在犹太民族的特色与对犹太人聚居区的狭隘之中，对其目光短浅无比蔑视的心理此消彼长。"也正是这一原因，"菲利普·罗斯笔下的人物既需要逃离家园也需要回归故里，既需要离经叛道又需要以后被视为人间罕有的正人君子"，他"忙于自卫，因为他遭人围攻，备受烦扰；然而，他又陷入与自我的冲突之中，易受攻击，无比脆弱"（莫里斯·迪克斯坦，2005：312）。杰雷米·拉尔纳曾为此指控菲利普·罗斯的写作"只是谋求贬低他所描画的人物"（Larner，1960：761），哈罗德·雷巴洛则认为菲利普·罗斯"没有必要如此尖酸刻薄，戴着有色眼镜来打量自己的犹太同胞"（Ribalow，1960：361）。查尔斯·安戈夫也曾指控菲利普·罗斯"古里古怪的艺术粗鄙"（Angoff，1963：13），其意思自然是指菲利普·罗斯作品中充斥着大量的性描写，尤其是关乎犹太人的性描写。哈罗德·雷巴洛对此附和并进一步指出菲利普·罗斯自己也是浸染在他所鄙夷的"令人生气、令人恶心、令人尴尬的"美国生活这个大染缸的（Ribalow，1963：327）。

菲利普·罗斯对于这个价值观念迅速变化的世界中两代人之间尖锐对立和冲突的描绘受到了保守的犹太批评家和普通犹太人的诟病，他们对于菲利普·罗斯（及其他）本真地刻画了犹太人形象的作家充满了抱怨、责备、批评、愤怒和憎恨。小说《出埃及记》的作者里昂·尤里斯（Leon Uris）可算是其典型代表。在一次访谈中，里昂·尤里斯评判道："有一大批美国犹太作家花时间来诅咒他们的父亲、憎恨他们的母亲、攥紧双手想要知道为什么他们生在了这个世上。这不是艺术或文学。这是精神病学。这些作家是职业的辩解者。每年你都可以在畅销书目中找到他们的名字。他们的作品令人作呕，使我胃里翻江倒海。"（Roth，1975：138）显然，菲利普·罗斯也是里昂·尤里斯所批评的所谓"职业辩解者"之一，但是，菲利普·罗斯对里昂·尤里斯的评判和宣言无法苟同。他认为，里昂·尤里斯之流之所以得到犹太民众的接受、欣赏甚至爱戴，其原因在于里昂·尤里斯之流所创作的作品对于犹太民众是投其所好的，其根源还是在于犹太民众对于自身的看法出了偏差或问题，他们所关心、关注的东西流于表面而非本质："一方面，看到'kugel'和'latkes'这些犹太字眼印刷成书使他们获得一种认同的快感，简单淳朴的快感；另一方面，还有其所涉及的罗曼史本身：一面是希伯来英雄，一面是移民成功人士。"（Roth，1975：141）

菲利普·罗斯在对部分犹太作家有关犹太人及其生活的虚饰、浮夸而理想化的描绘与刻画进行批评说："这样（一种创作）对于某些焦虑的、好心的非犹太人来说会是一剂良方，由此他们不用继续为事实上他们没有任何责任的罪过感到内疚；它甚至可以为一些懒心无肠的反犹太分子卸下包袱，这些人不喜欢犹太人，而他们也不喜欢自己不喜欢犹太人。但是，我不认为这对于犹太人及犹太人历史上那些严峻的事实充满敬意。"（Roth，1975：144）换言之，菲利普·罗斯认为，部分犹太作家对于犹太人生活的这种虚饰、浮夸而理想化的描绘刻画实际上是迎合了非犹太人的价值取向或判断，是不真实的，没有从本质上深入挖掘犹太人的生活意义之所在，是将犹太人的历史抛诸脑后、摒弃不顾的表现，是应该被唾弃的。

在一次演讲中，菲利普·罗斯曾经归纳总结出自己因涉及犹太人负面形象书写而遭受到的攻击，这些攻击主要表现在以下六个方面：

（1）其作品是"危险的、不诚实的、不负责任的"；

（2）其作品"忽略了犹太人所取得的成就"；

（3）其作品"创造了正统犹太教基本价值观的扭曲形象"；

（4）其作品"剥夺了非犹太人世界激赏'正统犹太教徒在现代生活的方方面面所做出的令人侧目之贡献'的机会"；

（5）其作品是"反犹太人的""自我憎恨的"，或者，至少是没有品位的；

（6）其对犹太人的批评"被反犹太人利用以便为反犹太态度正名，为他们的怒火'加油'"。（Roth，1975：149-150）

可以看出，菲利普·罗斯对于自己关于犹太人的创作在公众，尤其是犹太人中会造成什么样的反响是心知肚明的。但同时他也认为："通常发生的情况是，读者认为我所反对的犹太人的生活似乎更多地与他们自己的道德视野相关，而与他们所认为的我的道德视野无关。"（Roth，1975：150）换言之，菲利普·罗斯认为自己的创作不过是一个具有道德感、责任感的作家的正常行为，而在一些读者尤其是犹太读者的眼中却成为离经叛道、"胳膊肘向外拐"的罪过或错乱。如此一来，其结果自然是自己的作品受到误解、遭到批判了。

在菲利普·罗斯看来：

> 一般说来，文学之所以对大多数读者和作家具有吸引力就在于……所有那些逾越了简单的道德分类的东西……小说创作不是去确认那些似乎人人都在恪守的原则和信仰，也不是去寻求保证我们的情感恰当合适。事实上，小说的世界将我们从社会强加在我们情感上的那些限制中解脱出来；艺术之伟大之一就在于它允许作家和读者采用日常行为中并不一定存在的不同的方式在对自己的经历做出反响；或者，如果这些方式可以获得，但它们对于生活却并不可能，难于掌控，违反律法，不够明智，甚至并非必要。在我们真正接触到小说作品前，我们也许不会知道我们居然还有如此之情感和反响。这却并不意味着读者或作家不再对人类的行为做出判断。相反，我们是在存在的另一个层面上做出判断，因为我们不仅借助于新的情感来判断，而且还不因为必须以判断为准绳去行动而做出判断。（Roth，1975：151）

简言之，文学创作并非只针对犹太人或其他任何特殊的群体，文学创作的目的是直面自己的问题、丑恶、腐化、堕落等负面因素，这可以使我们进入意识的另一个层面，拓展自己的道德意识，这对于一个人、一个社会都具有莫大的价值，因为唯有如此，人与社会本真的面目才会得到揭示，文学警世的功能才会凸显。

具体到犹太人，如何去打破"藩篱"、直面现实呢？是不是应该变身为"刺猬"，把自身塑造成滴水不进的堡垒，拒绝一切批评或者评价呢？菲利普·罗斯在其创作之初即对此有着深刻的认识。在其短篇小说《信仰的卫士》发表后，菲利普·罗斯因其揭露了犹太人所表现出来的负面特征而招致了很多犹太读者的责难和批评。一位犹太拉比甚至斥责菲利普·罗斯："你已经赚得了所有那些反犹太人士的感激，你对犹太人的认识与他们如出一辙，这些认识最终导致了六百万人遭到谋杀。"（Roth，1975：161-162）对此，菲利普·罗斯进行了严肃的反驳，指出该拉比在认识纳粹与犹太人关系这一问题时把问题简化为"偏见导致犹太人的苦难"这一看法是极其错误的。他认为，在文明社会中，偏见与迫害之间通常存在着一道屏障，而这道屏障是由于个人不同的信念、恐惧和社会不同的法律、理想、价值观等构建出来的。最终使这一屏障在德国崩塌而导致犹太人的灾难并不能简单地用反犹太人偏见来解释，必须看到，一方面是犹太教义不被容忍，另一方面是它对于纳粹的意识形态和梦想之效用。简言之，

25

犹太民族的灾难很大程度上是犹太民族受到了纳粹的利用以实现其意识形态和梦想而导致的，偏见只是一个方面的因素而已（Roth，1975：162）。

在评价自己早期的短篇小说《信仰的卫士》和《狂热者艾利》时，菲利普·罗斯就已经认识到："通过写作犹太人骚扰犹太人而不是犹太人被非犹太人骚扰，我实际是在强迫读者去改变他们对于'犹太'小说的一种已经非常熟悉的反应模式。"他进一步论述说："布琴瓦尔德和奥斯维辛过去才不过5000个日子，这不过是要求那许多被纳粹在欧洲对犹太人的大屠杀吓得目瞪口呆、不知所措的人去考量犹太人生活的内在政治，不管是以讽刺态度默然视之也好，还是如戏剧般娱乐也好。当然，在一些情形下，这不过是在提出不可能的要求。"（Roth，1975：174）在回应塞尔肯（Syrkin）指控自己在《波特诺伊的怨诉》中对犹太人的刻画与描绘无异于希特勒对犹太人的定位即"非犹太世界的玷污者、毁灭者"时，菲利普·罗斯指出塞尔肯误解了自己的创作，认为自己的创作与索尔·贝娄和伯纳德·马拉默德的创作实际是一脉相承的（Roth，1975：174）。阿哈龙·阿佩菲尔德在其著述中也认为罗斯的作品"使你一方面想起他与索尔·贝娄和艾萨克·巴什维斯·辛格的族群联系，另一方面也让你想起他与弗朗茨·卡夫卡的族群联系……菲利普·罗斯与他们的紧密联系远远超越了文学亲缘关系"[①]（Appelfeld，1988：13）。马尔科姆·布拉德伯里则断言："确实，菲利普·罗斯的作品大部分都是清楚明了的评价，评价他自己对其他作家的继承以及他与这种继承之困难关系的。"（Bradbury，1983：142）在菲利普·罗斯看来，在千百万失去根基的犹太人和犹太难民受制于"美国化"，在千百万的犹太人在欧洲灰飞烟灭，在一个新兴的具有反抗精神的现代犹太国家在一片古老的土地上得以建立之时，去想象犹太人是什么样子、该是什么样子不过是美国犹太作家的正常行为而已，是对"枷锁般的梦魇"的刻画和描绘。"一个犹太小说家的任务不是在自己心中打造其种族那'未被创造出来的'良心，而是要在这个世纪中已经多次被创造、被消解的良心中去找到启示。"历史、环境赋予这孤独的个体以"犹太人"的称号，他就必须得去"想象"他是什么、不是什么，必须去做什么、必须不做什么（Roth，1975：244-246）。

可以看出，菲利普·罗斯如此评价自己对于犹太人形象书写的颠覆，说明在其创作的初期作品中，"后大屠杀意识"的呈现实为有意而为之，是在时代大背景下"后

---

① 在1988年对阿哈龙·阿佩菲尔德的访谈中，菲利普·罗斯也认为阿哈龙·阿佩菲尔德与卡夫卡之间有着紧密的联系，并与阿哈龙·阿佩菲尔德就其创作与卡夫卡之间的关联进行了详细的探讨（菲利普·罗斯，2010：21-46）。

大屠杀意识"普世的具体表现。那么，在大屠杀的悲剧后和创伤中，犹太人到底应该何去何从？犹太人应该采取什么样的行动才可能避免不幸事件的再一次发生？在直面自己本真的时候，如何才是正确的选择？菲利普·罗斯对此做出了如是回答：

> 就算是偏见和迫害之间的屏障在德国崩塌了，也没有理由就认为这种屏障在我国不复存在。如果它开始出现崩溃的迹象，那么我们就必须尽我们所能去强化它。但是，不是说去装出一副好脸色；不是拒绝承认犹太人生活中的那些复杂之处和不可能之事；不是去假装犹太人的存在比他们邻居的生活不需要因而也就不值得诚心的关注；不是使犹太人隐形而不见于人。问题的解决不是要去说服人们喜欢犹太人因而不想去杀戮他们；问题的解决是要人们知道即使他们鄙夷犹太人也不能去杀戮犹太人。（Roth，1975：163-164）

如何让非犹太人真正了解犹太人并和犹太人和平相处？犹太人不能心存侥幸，不能虽有危机意识却不采取任何行动以阻止不幸的发生。当然，终结迫害也远不是铲除迫害者那样简单。犹太人必须忘却对于所受压迫的反应，不再容忍压迫，对于限制自身自由和权利的行为说"不"。犹太人必须认识到此时、此地、此情、此景，提升自我的犹太意识并捍卫犹太性。而作为一个作家，不以"模式化"的方式去创作关于犹太人生活的作品，反映犹太人生活中本真的喜怒哀乐、酸甜苦辣才是真正维系犹太性的表现。

第二节 "作家何为"的小说呈现

1979 年，菲利普·罗斯发表了中篇小说《鬼作家》。该小说采用第一人称叙事，运用倒叙、插叙等手法，由中年作家内森·朱克曼对自己年轻时代的故事进行了讲述：时年 23 岁的主人公内森已经出版了几个比较成功的刻画犹太人形象和生活的短篇小说，由此受到了自己很崇拜的前辈作家 E. I. 洛诺夫的邀请，前往其位于伯克希尔山的家中做客。在那里，内森见到了自己仰慕倍至的洛诺夫及其夫人以及洛诺夫的一个女学生艾米·贝莱特。内森立即为艾米的独特魅力所折服并由此对艾米生出了非分之想。但令内森意想不到的是，在与自己的偶像洛诺夫相处的过程中，洛诺夫的妻子霍普却突然失控，变得歇斯底里，诉说自己的怨气，认为洛诺夫与其学生艾米之间私存暧昧。其后，在留宿洛诺夫家的晚上，内森试图发现关于洛诺夫与艾米之间不伦之恋的蛛丝马迹，却没有使自己的猜疑得到确认。其间，内森发现艾米竟然可能是《安妮日记》的原作者安妮·弗兰克这一令人吃惊的离奇经历。

与此同时，内森自己的过去也在他的回忆下缓慢展开，关于他的成长经历以及他因为创作了关于犹太家族亲人的作品而与家人闹到不欢而散的经过等故事也得以展现。但是，内森的故事讲述并没有给读者提供一个确定的结尾，故事以洛诺夫郑重其事地鼓励内森将自己的所见所闻写成小说，然后离开内森去追寻他逃走的妻子而画上句号，内森也仍然还是那个需要努力去挖掘自己的经历以证明自己文学才干的青年作家。

表面看，这部小说似乎讲述了一个关于内森·朱克曼的 Bildungsroman 故事，即讲述他的精神文化教养过程的故事。一些学者也对此进行了相应的评述，如琼斯和兰斯就认为："在《鬼作家》中，罗斯关注的仍然是儿子与其家庭的疏离，以及他脱离父母以获得自由并在他们面前免于罪责的需要……无论何时，当其以一种不同于社会或家庭所期待的典型方式行为做事并由此与其自我意识相左时，内森·朱克曼都必须要牵涉到很多批判性的自我审省之中。"（Jones & Nance，1981：10-11）

但是，我们认为菲利普·罗斯的真正目的是要以内森·朱克曼作为一个作家的经历与成长来表达作为一个作家的追求和目标，阐释了他对于犹太书写的考量，回答犹太何为、作家何为等问题。菲利普·罗斯自己也曾对《纽约时报》的读者说《鬼作家》关注的是"写作这个职业所带来的惊奇"（转引自 Leonard，1982：83）。我们认为，将自己的作家身份诉求与犹太民族的精神追问结合起来，宣示出"犹太性"这一因素的深远影响和表达，恰是菲利普·罗斯的"后大屠杀意识"一个方面的体现。诚如琼斯和兰斯所言："他是一个对于小说创作过程和其产出的小说都有深思熟虑的作家……这样一种既把自己视为小说作者又把自己视为小说读者的能力使得罗斯在审视自己的作品时获得了一种平衡。"（Jones & Nance，1981：6）在《鬼作家》中，菲利普·罗斯正是以这样一种自觉和作者意识，以作家写作家的方式，通过对几个不同的作家的描绘来表达自己对于犹太书写的具体考量。

年轻的内森作为一个小有名气的作家，其处境恰如论家所言之"典型的罗斯主人公——挣扎于肉体和灵魂之间、挣扎于外倾与内省之间"（Jones & Nance，1981：90）。一方面，他怀揣作家的梦想，想要创作出严肃的作品以实现自己的追求与目标，为此，他甚至因为创作了真实反映犹太人生活的故事而与自己的家人闹到几乎反目成仇的地步；另一方面，他又延续了菲利普·罗斯小说主人公一贯的肉欲挣扎。可以说，内森的困境既是外在的，也是内在的。对此，琼斯和兰斯有过公允的评价："克制与放纵、谨言慎行与炫耀卖弄的冲突在过去主要表现为一种纯粹的个人两难处境，而现在通过内森·朱克曼的挣扎则变成了一个艺术问题。"（Jones & Nance，1981：92）正是在精神与肉欲冲突的迷惘中，内森见到了自己崇拜的前辈作家洛诺夫。

作为一个移民的后代，犹太人洛诺夫的所作所为却与犹太正统的要求相背离：一方面，他娶非犹太人为妻，对于俗世眼中纯正的犹太性来说无疑是忤逆的行为；另一方面，他虽是"这一带自梅尔维尔和霍桑以来最有独创性的小说家"（菲利普·罗斯，2011a：4），却离群索居，这与犹太教入世的观念也不相适应。也正因为如此，他在别人的眼中才像是"一个笑话一样"（菲利普·罗斯，2011a：4）。但是，初见洛诺夫，内森对他的态度除了崇敬并无其他。对于立志将"作家"作为自己的职业和追求的内森来说，洛诺夫是自己的榜样，他明白，隐居山林潜心创作于他至少是一个暂时无法企及的目标。但是这一目标对他无疑有着极大的吸引力，因为在他看来，只有这样，"你的全部精力、才华、创造性都留下来用在这绞尽脑汁的崇高超然的事业上了……是我要过的生活"（菲利普·罗斯，2011a：5）。内森"就是要想充当 E.I. 洛诺夫的精神上的儿子而来的，就是为了要祈求得到他道义上的赞助，如果能够做到的话，得到他支持和钟爱的神奇庇佑"（菲利普·罗斯，2011a：5）。

当然，洛诺夫最打动内森的是他对于文学的坚守和对于独立人格的坚持。在内森看来，洛诺夫是"美国最有名的那位文学苦行者，那位坚忍不拔和无私无我的巨人"（菲利普·罗斯，2011a：10）。在 25 年的时间里，他几乎没有读者、得不到赏识，但他"始终只写他自己那种小说"，而且"他在'被发现'和流行起来了以后，婉辞一切奖金和学位，不参加任何名誉团体，不接受任何记者访问，不给照相，好像把他的脸同他的小说联系起来是件滑稽可笑的不相干的事一样"（菲利普·罗斯，2011a：10）。洛诺夫的坚持产出了丰硕的成果，使他在年轻的海明威和菲茨杰拉德一统美国文坛的时代写出了"此前所有美籍犹太人都不曾写过的"（菲利普·罗斯，2011a：11）小说。所有这一切都在年轻的内森身上产生了深刻的影响，并引起了他深刻的共鸣。

在犹太移民"美国化"的大背景下成长的内森，在接触洛诺夫的作品之前，对于与犹太民族相关的一切热情已经消耗殆尽，其"犹太性"似乎离荡然无存也仅一步之遥。但是，洛诺夫仅围绕犹太人流亡生活的作品于他无疑是一种深刻的再教育，使本已美国化的他重新燃起了对犹太祖先的感情。可以说，洛诺夫为内森搭建起了一座回溯到犹太人之过去的桥梁，使其在精神上摆脱了"美国化"潮流的影响而回到了对"犹太性"进行认同的道路上。也正是因为如此，内森才以其严肃的关于犹太人的思考为导向创作了一些本真的、关于犹太人生活的作品而与家人产生了严重的分歧，这直接导致了他和曾经无话不谈的父亲的疏离。这在本质上与洛诺夫和俗世的美国对其严肃而本真的犹太人书写疏离的情形是一致的。如此，内森把洛诺夫视为自己精神上的"父亲"而顶礼膜拜也就成了一种必然。

不仅如此，洛诺夫"在希特勒完蛋十年以后，对非犹太人似乎又讲了一些关于犹太人的使人心痛的新情况，对犹太人又讲了他们自己，对那休养生息的十年中的读者和作家，则泛泛地讲些模棱两可的要谨慎小心的话和混乱得令人担心的话，讲些用最赤裸裸形式所表现的求生的渴望，为求生而作的交易和活下去的恐怖，等等"（菲利普·罗斯，2011a：13-14）。换言之，洛诺夫的创作不仅将其讲述的对象定位于非犹太人，向其揭示犹太人遭遇的苦痛和灾难，而且以最直接的、最本真的写作警醒犹太人，其终极目的自然是要在纳粹分子所制造的苦痛、恐怖、灾难逝去多年之后，提醒犹太人既不能忘记过去，更要关注未来。这一做法自然是与安逸享受"美国化"带来的无尽好处的其他作家的创作格格不入，所以洛诺夫才会疏离于文学圈子的主流之外，"他的小说，以及他的小说给予生活中一切犯禁的东西的权威性在一代新读者面前开始很快地失去了'社会意义'"（菲利普·罗斯，2011a：14-15）。

对此，内森显然有着深刻的认识，所以他才会对洛诺夫说："你从俄国和反犹屠杀中逃脱出来了。你从清洗中逃脱出来了……从巴勒斯坦和故国逃脱出来了。你从布鲁克林和亲戚那里逃脱出来了。你从纽约逃脱出来了……"（菲利普·罗斯，2011a：50-51）显然，此处所谓的"逃脱"，更为恰当的表达应该是"超越"。洛诺夫从犹太人的苦痛与灾难中走来，但没有迷失在犹太人的顾影自怜或者要对过去所受的苦难进行报复的仇恨之中，他也没有迷失在俗世的随波逐流之中，而是坚持走自己的路，创作关乎犹太人命运的作品。他也没有迷失在俗世的物质喧嚣之中，宁愿与马谈天，也不愿意去参加那些让他厌烦的应酬晚宴。而这恰恰是年轻的内森作为一个作家想要寻求的答案。换言之，要想成为一个真正意义上的作家，如何践行一个作家的责任和担当正是内森想要寻求的答案。当然，更进一步，我们甚至可以说，内森对于洛诺夫的认同就是菲利普·罗斯对于洛诺夫所代表的正确得当、具有严肃"犹太性"的写作的认同，而内森想要寻求的答案就是菲利普·罗斯想要寻求的答案。

在论及美国的现实时，菲利普·罗斯曾经这样描述美国现实对于一个作家的挑战，他说："美国现实使人愚蠢、使人恶心、使人生气，它甚而对于一个人的想象力来说是一种尴尬。现实持续不断地逾越我们的才干……"（Roth，1975：120）对于一个作家来说，这无异于是"一种严肃的职业困境"（Roth，1975：121）。在面对这一困境时，很多美国作家的创作太多地集中于一种具有非真实性的美国现实，而作家及其创作应该担负起的反映美国现实的责任或担当却被忽略了或者抛弃了，多数的作品成为歌功颂德或虚饰浮夸的应景之作。在这种情形下，在这样一个时代，一个作家要取悦大众似乎比囿于自身的世界进行真正意义的文学创作更困难。诚如菲利普·罗斯所言："这个时代对于那些习惯于给报纸写作信件的作家来说更困难，而对于那些习惯给自己写作复杂的、伪装的信件亦即故事的小说家则并非如此……关于这个时代，尤其棘手之处就是作为一个小说家或者故事的讲述者去严肃地描绘它。"而之所以出现这样一种局面也许和作家自己密切相关，因为一些作家"自愿地摒弃了对于我们时代一些重大的社会、政治现象的关注"（Roth，1975：124）。正因为对此有着深刻的认识，菲利普·罗斯在自己的创作中才会警醒自己，避免失去一个作家应有的担当，不是简单地将自己的创作放在一个大的时代背景下，微观地描绘或剖析个体生命的心路历程，而是以个体的困难、波折、困惑、彷徨、失败、毁灭等来反映宏大的历史主题和群体之身份诉求及命运走向。

　　为了进一步对此进行探究，菲利普·罗斯在书中还写了另一位作家——费里克斯·阿勃拉伐纳尔，从另一个侧面做出了一定程度的解答。

　　阿勃拉伐纳尔正好与洛诺夫两相对照，这一点从洛诺夫对阿勃拉伐纳尔的评价即可显现出来。洛诺夫说："我钦佩他坚强的神经系统。我钦佩他对第一排座位的热衷。美丽的妻子，美丽的情妇，赡养费高得像国债，北极探险，前线报道，与名人为友，与名人为敌，精神崩溃，公开讲学，每隔三年出一本五百页厚的小说，而且就像你说的，仍有时间和精力用于自我陶醉。"（菲利普·罗斯，2011a：54）显然，洛诺夫与阿勃拉伐纳尔是大不相同的。与阿勃拉伐纳尔喜欢俗世的物质与喧嚣不同，他更愿意遁入世外桃源，继续自己的精神之旅，以创作出更能真切反映犹太人生活和精神的作品。二人的不同还在于他们对于像内森这样的后学晚辈的态度之对照。洛诺夫一如其作品，简单、淳朴、宁静，对于内森不仅表现出同行的尊重，而且表现出对后学的理解、认同和鼓励，这在内森心中"激起了一个儿子对这个有很高德行和成就的人的女儿式的喜爱，这个人了解生活。了解儿子，而且表示称许"（菲利普·罗斯，2011a：58）。而阿勃拉伐纳尔的表现却与其作品所表达的东西相背离，其作品似乎表现出无尽的人文关怀，关注人性的真善美假丑恶，但其本人则是另外一副面孔："你见到他血肉之躯时，给你的印象却是出去吃午饭……加利福尼亚本身——你要到那里去得坐飞机。"（菲利普·罗斯，2011a：59）"他使我想到了一座无线电铁塔，塔顶上亮着一盏小小的红灯，警告低飞的飞机不要挨近。"（菲利普·罗

31

斯，2011a：60）"费里克斯·阿勃拉伐纳尔肯定不想要一个 23 岁的儿子。"（菲利普·罗斯，2011a：68）

可以说，被内森视为精神导师的文学前辈洛诺夫就是文学之化身，他心怀文学的最高追求，远离俗世的纷扰，潜心文学创作，即便在文学给他带来极大声誉时也坦然面对、宠辱不惊。为此，他可以拒绝俗世颁发给他的所谓文学大奖，自己把自己疏离于城市的喧嚣之外。洛诺夫身上体现的是纯粹的文学精神。他就是文学精神！阿勃拉伐纳尔不过是一个反面的例证，表现了虚假的文学精神和人文情怀。实际上，在讲述自己拜访洛诺夫的过程中的观感之时，内森倒叙之前与阿勃拉伐纳尔的短暂接触就是为了证明自己与洛诺夫之间的更多联系。关于洛诺夫，他最终认识到"他这个人，他的命运，他的作品——都是一体的东西。多么了不起的一个胜利！"（菲利普·罗斯，2011a：75）这一评价显然大大高于他对阿勃拉伐纳尔的评价。成为像洛诺夫一样的作家才是年轻的、初上路的作家内森的追求，写出像洛诺夫所创作出的那种真正反映犹太人强大精神的作品才是内森的终极目标。也正是在这个意义上，洛诺夫真正体现了"大师"这一称谓的真谛。

2007 年，在《鬼作家》发表近三十年之际，菲利普·罗斯发表了新作《退场的鬼魂》，续写了《鬼作家》所讲述的故事并为之提供了出色的、富有意义的结局。

时光荏苒，内森早已经从当年青涩但雄心勃勃想要证明自己的文学才俊变成了著作等身的名望作家。11 年来，他独自隐居在新英格兰山区，过着与世隔绝的生活。为治疗前列腺癌症手术后遗症，年逾古稀的他重返纽约的繁华都市。重回繁华与喧嚣，内森发现自己早已经与都市的一切格格不入，他就像一个幽灵徘徊在纽约的大街小巷。在这里，他因一则换房广告而认识了一对年轻的作家夫妇，优雅的少妇杰米重新点燃了他男人的情欲，使他饱受煎熬；在这里，他受到另一位年轻人理查德·克里曼的纠缠，后者正准备写一本关于内森的偶像兼精神导师洛诺夫的传记并向内森透露了所谓的洛诺夫隐藏了一生的秘密；在这里，他还偶然遇见了自己年轻时在洛诺夫家中见到的洛诺夫的疑似情人艾米·贝莱特，她已罹患脑癌多年，垂垂老矣，失魂落魄，魅力不再，令人生出物是人非的唏嘘。最终，内森放弃了回到喧嚣的都市生活的打算，重新归隐山林，继续自己的精神旅程。

在《退场的鬼魂》中，年逾古稀、著作等身的内森远离尘嚣，独自以半隐居的方式生活在山区里。他对自己的生活做了如是评说："我不再定居在这个世界上，也不存在于当下的时代，但我不觉得这是种损失——仅仅在开始的时候，我觉得内心里有一种荒芜之感。我早就扼杀了那种想要扎根在这个世界、扎根在这个时代的冲动。"（菲利普·罗斯，2011c：3）"我已经征服了孤独的生活方式。我知道这种生活的艰难与自由，随着时间的流逝我已将自己的需求降至极限。我早就抛弃了兴奋、亲昵、冒险与仇恨，取而代之的是宁静、安稳、与自然和谐的交流、阅读和写作。"（菲利普·罗斯，2011c：27）在这种状况下，对于自青年时代就立志献身写作的内森来说，写作已是他的全部，纯粹的写作已成为他的终极目标，诚如他自己所说："我每天都坚持写作……写作，写作的过程，难道不就是我全部的需要吗？"（菲利普·罗斯，2011c：6）在这一点上，内森俨然已经化身成了他自己的精神导师——洛诺夫，清心寡欲，潜心创作，自在幽远。对他来说，"在乡下，没有东西来诱惑我捡起希望。我已经和我的希望讲和了"（菲利普·罗斯，2011c：15）。

但是，内森真的能如他所描述的那样超然世外，达到物我两忘的境界吗？实际上，从内森对于自己疾病的描述中，我们可以看出他并未达到"超然"的境界。他说："在我自认为已经很好地适应了因这种毛病带来的尴尬处境的多年之后，我还是决定去纽约咨询一下。"（菲利普·罗斯，2011c：4）其中表现出他内心仍有一丝焦虑。因为不想经历癌症病痛带来的耻辱而自杀身亡的朋友拉里临终时写信给他，劝诫他不要离群索居。这给他带来了精神上的动摇，使他回到了纽约寻医就症，由此开始了他人生的又一次教育旅程。但是，事情向着他所预料不及的方向发展，将毫无准备的他重新卷入俗世生活的浪潮，任由各种俗世的欲求引领，到城市的物质领地享受快乐，使他在古稀之年经历了一次新的洗礼。置身于大都市的高楼大厦、车水马龙和喧器，内森与社会的疏离已经超出了他自己的预料。

也是在这里，他偶然遇见了艾米·贝莱特——多年前他拜访洛诺夫时曾经心仪的女士，他的生活也由此再次与洛诺夫交接。内森没有与艾米相认，但再次勾起了他对洛诺夫的关注。他购买了洛诺夫的作品集，彻夜研读。他发现："他还是那么出色，就像我以前认为的那样。甚至比我以前认为的还出色。就好像在我们的文学领域曾经存在过一种早已失落或淡出的色彩，而唯独洛诺夫又把这种色彩找了回来。洛诺夫就是那种色彩，他是个与众不同的二十世纪美国作家。"（菲利普·罗斯，2011c：18-19）。虽然内森对洛诺夫的晚年生活充满了好奇、期盼、了解，但出于对死者的尊敬和景仰而没有刻意去探听，他甚至都没有与艾米相认以便从她那里探得事情的真相。在这一点上，内森与所谓的作家理查德·克里曼适成对照。

内森因为一则换房广告接触到了比利·大卫多夫和杰米·洛根夫妇，而克里曼则从杰米那里找到了内森的联系方式，想要从内森那里探听有关洛诺夫的信息并写一部关于洛诺夫的传记，内森立即就拒绝了。在他看来，"洛诺夫最不需要的就是给他写传记的作家，他没有兴趣成为大家议论的话题，也没有兴趣让大家读到他的生平。他喜欢默默无闻"（菲利普·罗斯，2011c：38）。更何况，"任何一本传记都注定大部分依靠想象——换句话说，就是歪曲事实"（菲利普·罗斯，2011c：38）。如前所述，在内森的心中，洛诺夫是一座他力图企及的高山，除了景仰，他容不得别人对洛诺夫的非议和玷污。对于克里曼所谓的"探根究底的精神"、对于克里曼一再的好奇和探究，他直指其无聊、无趣、别有用心及掉价："现在的大众只对揭人隐私感兴趣，那些'解释'别人的人生的传记作品，大多是靠添油加醋，以许多子虚乌有的内容来满足人们的这种恶趣味。即使那些传记里写的故事都是事实，在美学上也毫无价值。"（菲利普·罗斯，2011c：40-41）他指责克里曼"是想通过毁掉一个人的声誉来挽救此人的文学地位。想用天才的秘密来取代天才的才能。想通过往天才的脸上抹黑，来恢复天才的名望"（菲利普·罗斯，2011c：87），而克里曼所谓的研究"其实就是在烂泥里胡乱地捣腾，而从事这种工作的正是想靠文学混饭吃的队伍中最差劲的一类人"（菲利普·罗斯，2011c：87）。因为憎恶克里曼想要依靠污蔑洛诺夫以达成成名目的的行径，内森警告克里曼，自己会竭尽所能去粉碎他的野心。这一点与《鬼作家》中年轻的内森自己试图去寻求关于洛诺夫的秘密的举动形成了对照，反映出年轻时代的内森与年老时的内森对于犹太传统的态度、看法已是截然不同，因为犹太传统正是深深地扎根于像洛诺夫这样的典型人物的。更何况，洛诺夫在内森的心中就是文学的化身，所以他确定"在我告别曼哈顿回家之前，我必须控制住克里曼……控制住他是我对文学应尽的最后一份义务"（菲利普·罗斯，2011c：209）。

显然，内森的精神成长并未因其离群索居而得以完成。因为洛诺夫、因为要维护洛诺夫的声誉，内森使自己再次置身于曾经一度逃离的都市生活，以一种斗争的精神去面对一切。表面看来，他是一时的头脑发热，但其实质却表征着一种精神力量的展示，表征着精神成熟的更高阶段，因为他不再逃避。但是，现实似乎并没有那样简单、容易对付。这一点在一再纠缠于他的犹太年轻人克里曼身上得以体现。从表面看，克里曼的行为似乎是一个雄心勃勃的年轻人的正常诉求。但将其行为放置到现代生活的大背景下，我们可以说他的行为不过是现代生活的荒谬的一个方面或缩影，而现代生活之荒谬恰似内森在纽约的几天里遭遇到的最让他惊讶的现象——手机带给他的冲击一样巨大。每时每刻，无处不在的手机以及通过手机叽里咕噜交流的男男女女使内森意识到机械已经成为生活之敌。纽约满大街似乎唾手可得、衣着暴露的女性也使内森震惊，而那翻手为云、覆手为雨的政治也令内森迷惑。

在评价打算与他换房的犹太年轻人比利时，内森表现出了对于比利所拥有的传统家庭观念的认同，但他同时也满心疑虑，担忧在这样一个异化的时代、在这样残酷的现实面前，犹太人的传统如何可以得到坚守。简言之，在这样一个喧嚣的时代，人异化成了机器的奴隶、流行的附庸、政治的走狗，那么，类似于比利所拥有的犹太人的传统品质，即"天真的轻信，温和的性格，富于同情心的理解力"（菲利普·罗斯，2011c：62）必将面临尴尬的处境，遭遇类似于克里曼之流的侵蚀和攻击，其未来的走向似乎也是悬而未决的。

犹太何为？犹太性如何得以留存？作为一个作家，内森的解决办法或者应付之道也被他融入了自己的写作当中。在书中，在评价自己在记事本中记录下的与杰米的虚构对话时，他说："对非常有限的一部分人来说，只有艺术夸张，只有从虚无中造出暧昧，才能使他们重建自信。在纸张上印刷出来的虚构与幻想，对他们这些人而言，却揭示出了生命的最大意义。"（菲利普·罗斯，2011c：120）内森此处的真实目的实际是对自己写作行为的反思，暗指自己此处的虚构并非是不着边际的。同时，这一评价也可暗指克里曼探求洛诺夫所谓的秘密并为其写作传记的企图不过是一种基于自身自信建构的努力，而这样一种企图在一定程度上是以伤害或危及他人的利益来实现的。对于内森来说，其虚构的对话是基于把杰米当成欲望的对象的，而对于克里曼，其企图则是基于对洛诺夫所谓的秘密的窥视欲望之上的。这两者也许都如书中该章节的题目所示，不过是"心猿意马"而已。

那么，要摆脱这种"心猿意马"，真正回归文学的本原又应该如何作为呢？内森再次以虚构表达了自己的思考。在最后的想象场景中，内森和女作家杰米·洛根关于写作、性、自由等的争辩意味良多，其中新旧两代人的冲突和不可调和端倪频现。在这一想象的场景中，内森成功地说服杰米·洛根来旅馆与自己见面，在杰米·洛根上路之时，却留下纽约的"一地鸡毛"抽身而退。由此以一种看似无聊、实则具有象征意味的方式实现了"旧"对"新"的劣势局面的逆转，作家菲利普·罗斯也借此表达了自己对于有违犹太规训和传统的行为的摒弃。

综上所述，《鬼作家》涉及的几个作家实际指涉了叙事所包含的几个层面：年轻的内森所接触到的老一辈作家洛诺夫和阿勃拉伐纳尔实际涉及名利、权威、享乐、处世原则等一系列问题的思考，而年轻的内森则表现了犹太年轻一代的犹豫不决和彷徨徘徊。在《退场的鬼魂》中，年老的内森慢慢参透了所有问题的症结所在，从而达成了对于犹太性的体认和回归，而"归隐的犹太人"（the retired Jew）于他也就成了一个逻辑意义上的必然。在《退场的鬼魂》中，他从隐居状态回到喧嚣的大都市纽约所遭遇的一切，表明他所坚守的犹太性、犹太传统已与现代大都市的生活格

35

格不入。内森对于自己（和艾米·贝莱特）的衰老、疾病、死亡意识等的描述表面看好像了无新意，实际则可以说是菲利普·罗斯对于自身老年生活的思索。深入其中，我们会看到内森对于艾米·贝莱特的同情、对自己的偶像作家洛诺夫的保护，其本质无处不表现出菲利普·罗斯对犹太性的坚持以及对于犹太人形象的维护。在现代生活的大潮涌动中，犹太性对于菲利普·罗斯已经不再是一种负担，而是一种坚持和维系。菲利普·罗斯心中的鬼魂——犹太民族不堪回首的过去也将随着他笔下的作家内森·朱克曼回到归隐状态而离场。换言之，对于菲利普·罗斯而言，逝者已矣，来者可追。菲利普·罗斯小说中作家内森·朱克曼的归隐标志了菲利普·罗斯精神上对自我的超越，对犹太民族过去的超越，菲利普·罗斯也由此完成了真正意义上作为一位犹太作家的回归，对后大屠杀时代"作家何为"这一问题进行了严肃的思考、探讨和回答。这一点在菲利普·罗斯对于另一位作家安妮·弗兰克故事的改写中也得到了体现。

第三节　改写《安妮日记》[①] 的"普世化"与"神圣化"争议

安妮·弗兰克 1929 年生于德国法兰克福，是弗兰克家的小女儿。由于纳粹德国排斥犹太人风气日盛，父亲奥托·弗兰克便带领全家于 1933 年夏天移居荷兰阿姆斯特丹，就此在荷兰过上了看似无所担忧的宁静生活。但 1940 年 5 月荷兰被德国攻占之后，荷兰的新统治者也开始执行严厉的排斥犹太人的法律，犹太人也因此处处受到限制，如必须佩戴黄色五星标志、不能坐电车、不能进电影院、不能骑自行车、不能在晚上 9 点以后坐在花园里等。1942 年 5 月，反犹情绪日渐高涨，为躲避纳粹的搜捕，安妮和姐姐随父母躲到了一处秘密藏身之所——安妮父亲办公楼后顶部的密室中。随后，朋友达恩夫妇与他们 15 岁的儿子彼得和一位牙医也加入进来。8 个人就此在一个逼仄的空间开始了整天提心吊胆、轻言慎行的日子。

安妮 13 岁生日那天（1942 年 6 月 12 日）收到了一件生日礼物——一个笔记本，随后，她开始了自己的日记写作，以真实清新的笔触记录了自己和家人、朋友在这狭小空间里的喜怒哀乐，忠实地叙写了处于藏身处境中的犹太人之担心、害怕、反应和思考。1944 年 8 月 4 日，由于有人告密，纳粹秘密警察"盖世太保"找到并逮

---

① 1947 年正式出版时，该书题名为 *Het Achterhuis* ——《密室》。后来在其翻译出版过程中改名为《安妮日记》。下文所引《安妮日记》的内容参见：安妮·弗兰克，2006。

捕了他们，几天后所有人被转送到荷兰的韦斯特博克集中营，一个月后又被转送到奥斯威辛集中营。之后，安妮与姐姐又被转送到贝尔根-贝尔森集中营。1945 年 3 月，姐妹两人都因伤病死于集中营中，距离贝尔根-贝尔森集中营被英军解放还不到两个月的时间。而其他隐秘之家的成员除安妮的父亲外，全都死于集中营之中。

　　安妮的日记被人们发现并保存下来。1947 年，日记在荷兰编辑成书出版，这就是后人熟知的《安妮日记》。随后，《安妮日记》在法国和美国相继出版，引起轰动。1955 年，《安妮日记》被改编成话剧公演。1959 年，好莱坞将这个故事搬上银幕。迄今为止，《安妮日记》已经被翻译成包括中文在内的 65 种语言，在世界各国出版了三千多万册。

　　但是，在《鬼作家》中，菲利普·罗斯却对这样一个犹太经典进行了大胆的改写，改用小说叙述的形式概括了安妮一家和友人被纳粹秘密警察"盖世太保"抓捕前的经历，并补写了安妮的集中营遭遇及其在第二次世界大战后的生活。按照《鬼作家》中的叙述，英国军队攻占了贝尔根-贝尔森集中营，在那里发现了奄奄一息的安妮并把她送到了战地医院。几周之后，醒来的安妮不言不语、不哭不闹，而护士们也就把这个沉默不语、面容黝黑憔悴的小姑娘叫做"小美人"。一天早晨，她一愿意说话就告诉了护士们自己姓"贝莱特"[①]，而她的名字"艾米"不过是她从儿时读得伤心痛哭的一本美国小说《小妇人》中借用的。随后，改名换姓的安妮被寄养在几个好心的英国人家，但其间的生活并不能叫她称心如意。16 岁时，她读到了美国著名犹太作家 E. I. 洛诺夫的小说，非常喜欢，就通过出版社联系到他，讲述了自己不如意的寄养生活。在他的帮助下，安妮来到美国上大学，开始了新的生活并最终成了洛诺夫的情人。其间，安妮还放弃了与父亲相认的努力与机会。

　　有评论者认为菲利普·罗斯"把人人同情的受难者的正面形象改写成了一个反面角色，把一个圣徒变成了一个不顾亲情、唯利是图的凡夫俗子"是一种后现代戏拟，其目的在于"把正面的历史人物形象反面化，标明了自己与马拉默德等从正面刻画犹太人的传统现实主义作家的区别，对自己所选择的剖析犹太文化中的负面因素的反传统的后现代小说创作道路进行了有力的辩护"（刘文松，2005：59-60）。还有论者认为"罗斯大胆地改写了《安妮日记》，把千百万人心目中的无辜受害者变成了涉足婚外恋的罪人，安妮的形象被彻底颠覆了，这在西方社会中要冒相当的风险，但或许正是罗斯在艺术上尝试一种反叛的快意"（黄铁池，2009：60）。我们认为，

37

---

　　① 法语，"小美人"的意思。此处，安妮按照护士们对自己的称呼把它当成了自己的姓氏。

这些理解有其合理成分，但菲利普·罗斯对于安妮·弗兰克故事的改写并非只是一种创新艺术手段的尝试，它是菲利普·罗斯作为一个作家在"后大屠杀意识"观照下从揭示大屠杀创伤对犹太人的影响和呈现犹太形象书写的不同理解这两个问题出发，对后大屠杀时代美国社会关涉犹太人的问题的反思，反映了后大屠杀时代美国社会后大屠杀话语构建中"普世化"和"神圣化"的争议问题。

　　首先来看菲利普·罗斯对大屠杀创伤的揭示与理解。在书中，安妮在解释自己改名换姓的动机时直言其目的"并不是要隐瞒自己的身份——到那时为止还没有必要——而是，照她自己当时所想的，要忘掉她的过去……她认为在贝尔森之后，最好在自己与需要忘却的东西之间，隔开一个像大西洋那么宽的重洋"（菲利普·罗斯，2011a：132-133）。在大屠杀的惨痛经历之后，安妮重回生活，但大屠杀所带来的创伤已经永久地写在了她的心中，成为不可言说之事，因为"大屠杀属于那种极恶的经历，可以使一个人因此而变得沉默不语。任何话语、任何声明、任何'回答'都是微不足道的，没有意义的，有时还是荒诞可笑的。即使最伟大的回答也似乎微不足道"（菲利普·罗斯，2010：45）。这种反应和感受也许正如曾在纳粹集中营历经磨难幸存下来并毕生致力于揭露纳粹暴行的美国学者艾利·威塞尔所描述的那样："快乐是空的，感觉是空的，情感是空的，希望是空的。"（转引自张倩红，2007：106）凯西·克鲁丝认为，所谓创伤就是"在当时，事件没有被充分吸收或体验，而是延后，反复地纠缠经历过此事的某个人。准确地说，蒙受精神创伤就是被一个形象或一个事件所困扰"（Caruth，1995：4-5）。又或者，如安妮·海德怀特（2011：5）所言："创伤是以这样一种形式出现的，它在被感受的时刻，是作为一种引起传统认识论动摇的非经验被铭记的。"安妮的状况显然是经历巨大创伤后的一种正常反应，想要忘记过去不过是安妮主观上试图摆脱大屠杀创伤的影响重新正常生活的努力。可惜的是，要达成这一目的却殊为不易。

　　更为糟糕的是，非犹太人对犹太人提出的关于纳粹屠杀犹太人的无关痛痒的肤浅问题或者表现出来似乎是"感同身受"的感慨不过是在犹太人的伤口上撒盐。诚如齐格蒙·鲍曼（2002：4）所言："心悦神和地与公众的神话相契合，大屠杀可以使公众摆脱对人类悲剧的冷漠，却无法使他们摆脱他们的自以为是。"安妮不能忍受人们（如其养父和老师）怜悯地讲述和询问她在集中营中的遭遇，"对纯种英国教员在学校里对她表示的啧啧同情也感到厌烦……她不能忍受他们因为奥斯威辛和贝尔森的缘故把援助的手搁在她的肩膀上"（菲利普·罗斯，2011a：137-138）。对于安妮，去调整并适应创伤后的生活是何其困难！在向洛诺夫告白自己的真实身世时，她再次说起了自己改名换姓的考量，指出自己的目的"不是为了要保护我自己逃避我的记忆。我并没有对我自己隐瞒过去，也没有对过去隐瞒我自己。我是要逃避憎恨，逃避像大家憎嫌蜘蛛和耗子那样憎恨人"（菲利普·罗斯，2011a：158）。换言之，安妮清醒地认识到，大屠杀给她带来的创伤和影响已然没有办法改变，自己的过去已经成了自身不可分割的一部分，自己必将永远和过去联系在一起。即便如此，安妮却并没有放下自己人性的追求和担当，她要的不是一个"冤冤相报"的未来，而是一个心平气和、愿意与人和睦共处的真正的人。

　　但是，如前所述，大屠杀犹太幸存者与非犹太人的不同认识和理解却使实际的情况大为复杂。为了要掩盖自己犹太幸存者的身份，安妮在熨衣服时狠心地用熨斗将自己胳膊上的集中营囚犯号码烙去，使之成了半个鸡蛋大小的紫色的疤痕（菲利普·罗斯，2011a：138）。人们劝慰她，叫她不要在英国隐瞒自己的犹太人身份，因为英国是安全的。安妮对此不敢苟同，由此还招致了一些帮助过她的人的不满。在安妮的心中，这些人的认识与她的切身经历和感受之间也许永远隔着一道无法逾越的屏障。这一点在她到纽约观看由《安妮日记》改编的戏剧时就已现出端倪。看完戏剧，她没有回家，而是躲在旅馆房间不出来，陷入崩溃的状态，歇斯底里地通过电话向洛诺夫告白了自己的身世。谈到自己的崩溃时，她说："不是因为这出戏——要是只有我一个人，我是很容易把它看完的。因为和我一起看戏的人，一汽车一汽车的女人不断地开到剧场门前，身上穿着皮大衣，脚上穿着贵重的皮鞋，手上拎着贵重的皮包。我想，这不是我来的地方……结果当然是发生了意料中的事。这是必然要发生的。这就是，在那里的女人都哭了。我周围的每一个人都泪流满面……对谁来说，我都已经死了。"（菲利普·罗斯，2011a：129-130）显然，安妮的反应正是"创伤理论"所强调之"延迟行为"或"后发行为"（afterwardness），"创伤事件在它发生之时没有被充分认识到，只是在后来的一些强烈的情绪危机点上成为'事件'"（安妮·海德怀特，2011：6）。与之对照，远离伤痛、享尽奢华的纽约人来到剧场观看戏剧，他们的反应更多的不是一种"感同身受"，而是一种廉价的同情或情感的宣泄，其过程、体会和感受至多不过是亚里士多德"净化"说的具体体现，其效果多少也就带上了"隔靴搔痒"之意味。从本质上说，这实际上是与第二次世界大战中国际社会对于犹太人遭遇的漠视以及第二次世界大战后的不闻不问一脉相承的。这显然与该戏剧带给安妮的冲击和影响是大相径庭的。正是因为生活中遭遇了多次在实质上与此类似的经历，安妮有了异样的感受，她告诉洛诺夫：

　　我觉得自己被剥了皮。我觉得好像我身上的皮肤给剥掉了一半，我的脸给剥掉了一半，在我的余生里，大家都会害怕地看着我。或者看另一半，看另外没有剥掉的一半，我可以看到他们在微笑，假装被剥掉的一半没有在那里，而只同留着的一半讲话……不论他们怎么瞧我，不论他们怎么同我说话，不论他们怎么想安慰我，我将永远是这个给剥了一半的皮的人，我将永远不会年轻。我将永远不会和气待人，或者与人和睦相处，或者与人相爱，我将永远憎恨他们……我的过去，我的自己，我的名字，我的完整的脸——我一心只想报仇。这不是为自己……而是没有父母，没有姊妹，充满仇恨，充满憎恶，充满耻辱，剥了一半皮的满腔怒火的东西，这就是我自己。我要泪，我要他们基督教徒的泪为我像犹太人一样地流。我要他们的同情——而且是最无情地要他们的同情。我要爱，就像我被糟蹋那样无情的、无限的爱。我要我的新的生命。新的肉体，涤洗干净，不受污染。这需要两千万人才能做到。十倍于两千万的人。（菲利普·罗斯，2011a：158-159）

　　我们不厌其烦地引述安妮的话语，因为从中可以很清楚地读出大屠杀创伤对于安妮的影响，理解其冤屈之深切和不能为公众所理解。安妮要达成所谓"报仇"之目的，其唯一的选择就是不向公众揭露事情的真相，让发生在自己身上的冤屈隐藏起来，由此她也就成为一个命中注定的"冤家"[①]。犹太作家阿哈龙·阿佩菲尔德对此曾有过恰如其分的论述：

　　树虽然被砍倒了，但其根并没有枯萎。尽管已经发生了这一切，但我们继续生活着。然而，幸存者虽然心存满足，但他们仍然感到要对劫后的生活有所作为。幸存者们经历了别人不曾经历的东西，其他人希望从他们这儿获得某种信息，获得了解人类世界的某种关键——一个人类的示范。但他们当然不能开始完成落在他们身上的伟大任务，于是他们就过起了逃跑和隐藏的秘密生活。问题是不再有更多可躲藏的地方。人们于是年复一年地产生了一种罪孽感，最后……变成了一种谴责。伤口太深，绷带不起作用，就像犹太人国家那样的绷带也没有用。（菲利普·罗斯，2010：45-46）

---

　　① 在翻译《鬼作家》中涉及安妮故事的第三章 Femme Fatale 时，董乐山先生将该章节题目翻译成"冤家命定"，这显然是恰当的。换言之，安妮对于自己为何不向公众揭示事情真相的解释是与本章题目契合的。

那么，隐藏自己的身世，埋没自己的冤屈，让自己的故事警醒世人，安妮的武器或手段是什么？她的武器或手段除了她的写作/作品外，没有其他。这一点实际又牵扯出了菲利普·罗斯在改写这一举世闻名的故事时第二个意图考量的问题，即犹太书写的问题。

在《鬼作家》中，年轻的内森·朱克曼在其短篇小说集《高等教育》中以家庭内部的遗产争夺为线索，塑造了负面的犹太人形象，涉及祖母的吝啬、姑母的暴力、兄弟的生活放荡等。内森的父亲认为儿子是在揭露犹太人的丑陋与堕落，而这会对犹太人不利，会给反犹主义者提供反犹太人的证据，由此招致非犹太人对犹太人的误解、偏见、歧视，甚或打击。父亲责问儿子为什么不去刻画犹太人正面积极的形象而要突出他们的贪婪腐败。实际上，内森的父亲认为内森的故事是对"家庭的名誉和信任的最可耻的和最不光彩的侵犯"（菲利普·罗斯，2011a：85）。但是，内森认为自己的创作不过是遵从小说艺术的高标准要求而产出的艺术作品，因此拒绝让步以做出任何改变。父子由此进入冷战状态。在一筹莫展之际，父亲甚至请出了德高望重的犹太法官阅读内森的故事并给他写信以引导他走上"正道"。法官夫妇在读过内森的故事后给他写信，在信后附了 10 个关乎犹太人的问题，具体如下：

（1）如果你生活在 20 世纪 30 年代的纳粹德国，你会写这样一篇小说吗？

（2）你认为莎士比亚笔下的夏洛克和狄更斯笔下的法勒对反犹主义没有起作用吗？

（3）你信奉犹太教吗？如是，如何信奉？如否，你有什么资格为全国性刊物写犹太人生活？

（4）你能说你的小说中的角色可以作为当代典型犹太人社会各色人等公平的代表吗？

（5）在一篇以犹太人社会为背景的小说中，有什么理由非要描写一个已婚犹太男子和一个未婚基督教妇女之间的肌肤相亲？为什么在一篇以犹太人社会为背景的小说中必须有（a）通奸；（b）一家人之间为金钱而争斗不休；（c）一般的不正常的人类行为？

（6）你根据什么审美标准认为廉价比高贵实在、卑鄙比高贵真实？

（7）你的性格中有什么成分使你把生活中这么多丑恶的东西与犹太人联系起来？

（8）你能否解释为什么在你的小说中虽有拉比的出场，却无处能找

41

到斯蒂芬·S. 怀斯、阿巴·希勒尔·西尔弗、兹维·马斯利安斯基曾经感动过他们观众的伟大辩才?

（9）除了你的经济增益以外，你认为在一家全国性刊物上发表这篇小说对（a）你的家庭、（b）你的族人、（c）犹太宗教、（d）犹太人的福利有什么好处?

（10）你能否诚实地说，在你的短篇小说中不会有使尤利乌斯·施特莱彻或约瑟夫·戈贝尔①感到痛快的东西?（菲利普·罗斯，2011a：106-107）

如果说内森的父亲是从纯粹情感的角度来质疑儿子的作品，其回应是感性的，那么上文所引瓦普特夫妇的 10 个问题则似乎更有道理、更具理性，每一个问题都关乎犹太人的切身感受或利益，是对内森父亲的质疑的深化。但是，仔细审读，不难发现所有问题都指向一个事实——内森的小说引发了周遭的犹太人的担心，因为他的小说揭露了犹太人中存在的丑恶人物和丑恶行径，这使犹太人担心非犹太人会以此为口实而重拾反犹主义，重走反犹太人的老路，犹太民族由此再次遭受曾经经历的苦痛和伤害。

但是，对于一心追求艺术真谛的内森来说，他的任务不是要去迎合公众的趣味或标准，而是以自己的创造使自己特立独行于世人之外，用自己的作品去呈现、去警醒犹太人。他援引据说是亨利·詹姆斯一篇小说中人物的话语表达了自己的这一看法："我们在黑暗中工作——我们能做什么就做什么——我们有什么就给什么。我们的怀疑是我们的激情，我们的激情是我们的任务，其余就是艺术的疯狂。"（菲利普·罗斯，2011a：80-81）。对他来说，"如果一个作家没有魄力面对这种不可解决的冲突而继续写下去，那么他就谈不上是个作家了"（菲利普·罗斯，2011a：114）。我们注意到，在他反思自己的写作时，内森清楚地知道"我自己又是个犹太人。大约 5000 天以前，他们还比现在多好几百万"（菲利普·罗斯，2011a：114）。其言外之意是说自己并没有忘记自己的种族身份，并没有忘记自己种族的伤痛记忆大屠杀，自己正是要以写作来本真地记录生活，其终极目标如他自己所言："要是我能像实际生活那样放手去创造就好了！要是有一天我能够稍稍接近实际发生的事情的那种独创性和刺激性！"（菲利普·罗斯，2011a：125）如是，他也就能够从内森·朱克曼变身

---

① 施特莱彻（Streicher）和戈贝尔（Gobbels）都是纳粹德国最重要的反犹分子。

为"内森·代达罗斯"①，那样他也就能够像古希腊神话传说中的能工巧匠代达罗斯一样创造出拥有巧妙技巧的、错综复杂的成功作品了。

瓦普特法官夫妇在写给内森的信件结尾竭力推荐内森去看一看百老汇上演的戏剧《安妮日记》，并认为如果内森当时能够和他们同席，一定可以"从那次令人难忘的演出中蒙受教益"（106）。我们知道，"《安妮日记》问世不久就出现安妮热，而且崇拜的情绪以前所未有的形式出现，以至于极其轻微的批评也难以进行"（塞姆·德累斯顿，2012：204）。时至今日，安妮已经成为一个"世界标签"，她"可能是希特勒最有名的受害者"（梅莉莎·缪勒，1999：3），象征着纳粹德国统治下的受害者，甚至已经成为宗教迫害和暴政统治下受害者的象征。"这个名字和这个故事所具有的影响力是他人无法匹敌的……她作为著名的纳粹屠犹遇害者而为人所知长达几十年，这样一个人，优先于他人，给犹太人在希特勒欧洲遭遇的灾难赋予了自己的相貌和名字。"（阿尔文·H. 罗森菲尔德，2007：89）如是，那菲利普·罗斯为什么要对已经成为犹太传统经典文本的《安妮日记》进行如此非神圣化、颠覆性的改写？其意图何在？

阿尔文·H. 罗森菲尔德（2007：89-104）的研究表明，《安妮日记》本身的接受和理解也经历了多个阶段：在《安妮日记》面世后的最初年月里，许多人想逃避纳粹屠犹的恐怖岁月，所以一点也不希望看到此书。按照发表了该日记第一篇重要评论的荷兰历史学教授简·罗门（Jan Romein）的看法，有许多理由表明安妮·弗兰克的故事是悲观的，因为它描述了"真正骇人听闻的法西斯主义"，展现了"我们在与人的兽性做斗争时打了败仗"（转引自阿尔文·H. 罗森菲尔德，2007：91）。简·罗门认为安妮的故事是灰色的，其日记首先是作为历史文献而有价值，它揭示了纳粹灾难在政治维度上的重要真相。罗森菲尔德则认为其他读者更倾向于将该日记当成个人遗书。他们钦佩这孩子的诚实和勇气，欣赏她活跃的理解力和机警的精神，相信日记作者展现了希望的启示，超越了她记下来的事件中的痛苦。尤其是在美国，众多的评论家理想化了安妮·弗兰克的故事，倾向于将其解释成激励而不是哀伤，强调安妮日记振奋的方面，弱化它更为悲惨的方面。这种倾向在 1955 年的舞台剧《安妮日记》中达到了顶峰。该剧的两位编剧从根本上将安妮·弗兰克作为胜利的形象再创造出来了，该形象有了不可抑制的希望和锲而不舍的乐观，可以战胜残酷结局

43

---

① 在《鬼作家》的第二章中，菲利普·罗斯主要讲述了内森因为其反映犹太人生活的作品而和父亲及其他犹太人发生争执的故事。该章的题目为"内森·代达罗斯"。

中的任何临终感受。尽管这种改编是错误的，也是糊涂的，但它引起了观众的共鸣。离开剧院的观众当然晓得，安妮死去了，但会感到她从未被击败。

剧本中的安妮（以及 1959 年电影版中的安妮）是为了引起"人对人的残忍"的最寻常的反应，即引起"善对恶的胜利""人类精神"的永恒真理等诸如此类的陈词滥调。严肃的历史和安妮的许多犹太特征被弃置一旁。为取代它们，更温和、更普世、更易于让人接受的快乐小孩的形象以及道德勇气走向了前台。简言之，《安妮日记》这一欧洲历史片段是在百老汇和好莱坞重新包装过的，是作为反战争和反一般歧视的题材而出现的，是美国社会对《安妮日记》这一经典犹太文本的普世化处理，"这本日记经由美国化的过程，进化成了一个受难和超验的普遍符号"（杰弗里·亚历山大，2011：56）。舞台上和银幕上的安妮是一位活泼、清纯、可爱的邻家女孩——这个形象适应第二次世界大战后繁荣的时代精神，与普遍"感觉良好"的、保守的政治状态吻合。直到今天，这种振奋人心的形象还在震动着世界，仍然构成"谁是安妮·弗兰克"以及"她象征什么"的主导性感觉。这样的再创作已经出现很多并仍然在涌现，安妮的故事也就在这种去历史化、去犹太化中继续着其对于世界的影响。但是，这种将犹太大屠杀"普世化"的实践却并不为第二次世界大战后的美国犹太社群所接受，引起了极大的争议，犹太社群反对这种实践并积极地要将犹太大屠杀这一历史事件"神圣化"，使之成为独一无二的、专属于犹太人的创伤记忆而存在。这在罗斯对《安妮日记》的改写中也得到了反映。

艾米是在去纽约观看了《安妮日记》改编的戏剧之后才找到洛诺夫坦白自己的身世及故事的。如前文所述，这次观看戏剧的经历带给了艾米极大的冲击和影响，以至于她陷入极大的痛苦之中而不能自已。一方面，她的反应可以说是一个大屠杀幸存者创伤的写照；另一方面，改编的戏剧本身以及观众的反应也应该是造成她悲痛至极的原因。我们知道，在 20 世纪 60 年代初艾利·威塞尔和汉娜·阿伦特的著作出版以前，犹太大屠杀并不为大多数公众所知，犹太大屠杀在当时根本没有深入公众意识。其后，纳粹时期犹太人的悲惨命运才逐渐为人们所了解，关于犹太大屠杀的反思才真正进入了公众的意识之中。安妮/艾米置身于其间的那些"痛哭失声无法劝慰的观众"之所以感动，更多是出于一种普世的情怀或观感，而不是受到了犹太人悲惨命运的触动。表面上，对于安妮，"她的所有考虑，她的所有关于她的著作的天赋使命的幻想，都产自这一点：不论她或者她的父母，在日记里都没有作为笃信宗教或信守教规的犹太人的代表出现"（菲利普·罗斯，2011a：148）。"但关键就在这里——正是由于这一点，她的日记有了那种使噩梦看起来仿佛是真实的力量。"（菲利普·罗斯，2011a：150）但在正统的犹太人心中，犹太大屠杀是属于犹太人的独一无二、无与伦比的历史事件，犹太大屠杀是特殊的、神圣的经历，"任何艺术作品如果把纳粹屠犹视为不宽容或普遍歧视之恶的隐喻，就会铤而走险，不将它放在其特有的历史语境中加以清晰地审视"（阿尔文·H. 罗森菲尔德，2007：98）。换言之，改编后的《安妮日记》舞台剧在一定程度上因为其普世的意义而得到了公众的认同，但背离了真正的艺术品之标准，降低或抹杀了其对犹太大屠杀这一历史事件的反映或呈现。这与安妮本人的认识也是有偏差的。在安妮看来，虽然她的书是带有普世意义的，但"即使是最愚钝的普通人，也无法不注意到对犹太人进行的迫害只是因为他们是犹太人才对他们迫害的……这就是她的书的力量"（菲利普·罗斯，2011a：150-151）。但是，如果公众知道她还活着而不是悲惨地逝去，公众对于她的悲惨经历的认同、对于她的作品的认同也必将因为其与普世意义的偏离而大打折扣。如此，她的作品"就永远不会有更大的意义，只不过是一个年轻的姑娘在德国占领荷兰时期藏匿起来的几年艰苦生活的日记，是男女孩子们晚上临睡之前可以同《瑞士家庭鲁滨孙》一起阅读的东西"（菲利普·罗斯，2011a：152）。安妮明白，要使自己的作品保持其教诲别人的力量，就必须要使人们相信她已经死亡，因为"她如果已经死了，那么她的作品的意义就不只是为 10 岁到 15 岁的孩子提供消遣，她如果已经死了……她却写了一部具有使人猛省的力量的杰作"（菲利普·罗斯，2011a：152）。出于这一考虑，安妮选择了"被死亡"。

但是，这一选择的结果究竟如何，安妮却不敢奢望，因为"毕竟，她不是那个在躲避大屠杀的时候还能够对古蒂说我仍旧相信人心实在是好的 15 岁孩子……她没有因为人类呈现为这个样子而憎恨人类——但是她也觉得不该再为它唱赞美诗了"（菲利普·罗斯，2011a：152-153）。这一认识倒是和汉斯·约纳斯（Hans Jonas）在《奥斯威辛之后的上帝观念———一个犹太人的声音》[①] 中对于"神性"的思考颇有异曲同工之妙，他宣称："在奥斯威辛之后，我们比从前有更大的把握相信，一个全能的神性要么不是全善，要么是全然不可理解的。"（汉斯·约纳斯，2002：30）选择死亡并不一定可以让公众反省，又或者公众省悟之后的结果会怎么样都不是安妮要考虑的东西。"改进活人是活人他们自己的事，不是她的事；他们想要改进自己尽可以自便；如果不想，那就不必……她的责任是对死者的责任……这就是她的日记的目的，这就是她天赋的使命：用文字恢复他们有血、有肉的地位……来补偿他们失

---

① 该书原文为德文，题目是 *Der Gottesbegriff nach Auschwitz—Eine judische Stimme*。

去的一切。"（菲利普·罗斯，2011a：153）但是，安妮对于自己的选择实际上也是有所犹疑的，因为她也想做回自己，做那个讨人喜欢、懂得道理、勇敢而又讲现实的自己，而所谓对死者的责任不过是骗信徒的假话，因为"对死者已没有东西可以给他们了——他们已经死了"（菲利普·罗斯，2011a：155）。更何况，她在自己的书中所描绘的那藏身之处已经成为"一个圣地，一道哭墙"，她也成为"一个圣徒"，要复活已经太晚（菲利普·罗斯，2011a：156）。

我们知道，"哭墙"（wailing wall）也称"西墙"（western wall），是第二圣殿护墙遗址所在，是犹太教的圣地，因犹太人常在墙前哀悼哭泣而称为"哭墙"。犹太人聚集在该墙下开展宗教活动，早在公元 333 年就有记载。公元 691 年曾并入伊斯兰教阿克萨清真寺围墙，犹太人 1967 年重新控制了"哭墙"并将其用于举行追忆民族苦难的礼拜仪式，墙的北面专供女子祈祷使用，墙的南面则专为男子所用。安妮将自己的藏身之所定义为"哭墙"，其意义是深远的：她已经不是她自己，她成为整个犹太民族的代言人，她的遭际反映的就是整个犹太民族的遭际。

内森之所以将艾米想象为安妮，是因为他自己所创作的故事触犯了家人和其他犹太人，他一直试图对自己面临的问题达成一定程度上的解决。假想自己娶了经历无尽苦难和悲痛的安妮·弗兰克为妻可以解决他面临的问题，是他"向普瓦特夫妇的问题表提出的无可指责的答复"（菲利普·罗斯，2011a：180）。如果他娶了安妮为妻，那么谁也不可能控告安妮·弗兰克的丈夫会对犹太人犯下罪行。但是，虚构安妮·弗兰克的这种结局可能更加不能被人接受，因为在犹太人看来这一定程度上是在否认大屠杀对犹太人的伤害，因为"这种虚构在他们看来当然比他们已经读到的污辱更加可恶"（菲利普·罗斯，2011a：180）。如前所述，第二次世界大战后对于安妮的形象刻画更多地聚焦于其欢快、乐观的一面，如伊妮德·福特曼（Enid Futterman）就是其中的典型代表，她说："她晓得恶，但她也晓得性本善……恶在卑尔根-贝尔森胜利了，但精神之战赢了，安妮逝去了，但她赢了……（她）超越了自身的痛苦，超越了自身的死亡。"（转引自阿尔文·H. 罗森菲尔德，2007：99）但是，犹太人对此却有不同看法，他们认为这种典型形象的塑造对于正确理解犹太人以及在希特勒统治期间犹太灾难的特性和规模都是有害无益的。数以百万计的无辜犹太人在纳粹大屠杀中被杀害显然不是普通的种族主义或普通歧视所导致的灾难，不管是将其称为"纳粹屠犹"或是"浩劫"又或者"毁灭"都无法带给我们一个正确的答案，让公众理解是什么使像德国这样一个先进的民族国家会以举国之力去鉴别、审判、追捕并最终屠杀像安妮·弗兰克这样无辜而且无害的孩子。诚如阿尔文·H. 罗森菲尔德（2007：100-101）

所言："在纳粹占领的欧洲，身为犹太人就意味着成为一名身不由己的候选人，将受到有组织的迫害、摧残、恐吓，而最终难免一死。从她可怕的结局中得出的意义再没有比这更明显的了。从这残酷的事实中找不到任何安慰和积极的教训，这里肯定没有生命美好的证据……安妮的经历离开了大屠杀的犹太经历根本就无法解释，超越或冲淡这点将不可避免地歪曲和窜改她的经历。"但是，这种歪曲和窜改恰恰是以百老汇和好莱坞为代表的第二次世界大战后社会（尤其是美国社会）的实践，其根本原因在于一种"想要感伤化和理想化其故事的顽固倾向"，而其结果就是"安妮·弗兰克的形象更接近基督教传统，基督教传统赞美那些以圣洁的天性超越人类苦难之蹂躏的人；而不是接近犹太教传统，犹太教传统哀悼不义和不可赎之苦的牺牲品，纳粹占领下的欧洲犹太人恰恰是这种牺牲品"（阿尔文·H. 罗森菲尔德，2007：101）。这种去历史化、去犹太化的方法（尤其是后者）正是第二次世界大战后一些人企图从犹太人那里盗走大屠杀，使之"基督教化"或者把其独特的犹太特性消融在一种毫无特征的"人性"苦难之中的现实实践，它最终使安妮·弗兰克的形象主要是伤感的，使她成了最后会藐视其迫害者并摆脱了侮辱和惨死结局的圣徒。

在论述大屠杀幸存者后代及其对大屠杀的认识和接受时，阿伦·雷·伯格曾将其分为四种类型，代表着应对历史的四种不同态度：①聪明人，他了解大屠杀的宏大及其持续不断的影响。他是一个善于思考的人，尽管聪明地看到了幸存者与其后代之间的差异，他还是重新讲述父母幸存的故事。②邪恶人，他通过无趣的笑话表达其愤怒，询问为什么你们（而不是我们）受苦受难、受到压迫，由此将自己与犹太身份和犹太人民的命运分割开来。③简单人，他对于大屠杀划时代的本质视而不见；自恋掩盖了否定。④小孩，他缺乏询问的能力，不能够把握大屠杀的意义所在。阿伦·雷·伯格进一步论述说："这四种态度或模式是流动不居的。它们强调第二代的反应的类型。而且，所有四种特征都可能在任何幸存者的孩子身上出现。这四种态度也可以被视为一个第二代成员可能经历的心理阶段。在更广义上说，更重要的是这四种诠释类型可以被拓展到整个社会。换句话说，幸存者变换的形象和社会对大屠杀的反应也可能反映出这四种模式。"（Berger，1997：153-154）

显然，菲利普·罗斯改写的故事中的安妮就可以被归结为上述第一种类型，而第二次世界大战后试图将大屠杀这一与犹太人密切相关的历史事件去历史化、去犹太化的各色人等则体现出后三种类型的特征。而这两类人表现出不同的类型特征则是对自己的过去、对自身身份的认识的不同使其在自身行为的选择上出现了不同而造成的。作为一位有着深刻"后大屠杀意识"的犹太作家，菲利普·罗斯显然对于后者所代表的第二次世界大战后美国社会（甚至欧洲社会）的这种倾向有着深刻的认识并从一个犹太人的立场出发对其进行了揭示，其改写《安妮日记》的意图自然是要让更多的犹太人能够铭记自己民族所有的苦难过去，证明大屠杀好似不在场但实则处处存在，并以此表明自己对犹太维系的鲜明态度。也许，这就像加拿大作家安妮·迈克斯在其反映大屠杀影响的小说《流亡片段》（*Fugitive Pieces*）中所说："历史是非道德性的，事件就那样发生了。但是记忆却是道德性的；我们有意识地记得的东西正是我们的良心记得的东西……历史与记忆分享事件；也就是说，他们分享时间和空间。每一时刻都是两个时刻。"（Michaels，1997：138）"毁灭并不创造一个真空，它只是将'在场'变成了'缺失'。"（Michaels，1997：161）事实上，"如果存在着对于'缺失'的记忆的话，就没有'缺失'"（Michaels，1997：193）。大屠杀记忆正是以这样一种"缺失的在场"（the presence of the absence）（Berger，1997：154）存在于大屠杀幸存者心里，它与安妮内心对犹太身份的坚守是唇齿相依的。

安妮的抉择是基于其个人对于犹太传统尤其是犹太人历史的坚持和维系，她以这样一种方式完成了自身的救赎，在痛苦中超越了自身的创伤，把自己不能忘怀的过去置于对六百万死难同胞的血泪历史的宏大背景的铭记之中，从而摆脱了大屠杀这样一个"无法理解、无法容忍"（Aarons，1996：10）的空间的限制和束缚，实现了自身肉体和精神的升华。换句话说，私人的事件被置于宏大的集体记忆之中，安妮虽然由此失去了太多太多，但其选择是与整个犹太民族的命运和选择居于同一轨道的，其故事本身也更加明显地告诉我们历史不能忘却、记忆不能忘怀。

菲利普·罗斯对安妮故事的改写证明了"大屠杀是犹太身份的关键"（Berger，1985：93），"铭记和讲述大屠杀故事是一种仪式：是犹太人存在的标杆和对与上帝所签盟约之确定"（Berger，1985：64）。"大屠杀之后……即便是对俗世之人，真正的美国犹太人的存在也要求要与犹太人的身份和历史保持一致。这一点已经永远和大屠杀联系在了一起。"（Berger，1985：95）因为，"无论多么无意识，个人最终是不能与那使他或她魂牵梦萦的历史或文化语境相分离的"（Aarons，1996：10）。大屠杀幸存者的状况不过是"作为一个'解放了'的男人或女人进入了另一种流放，这种流放通常意味着获得自由的机会更少……解放意味着一种新的、出乎意料的（因而也是没有准备的）囚禁形式。幸存与认识到被剥夺了一切是等同的。那召唤着他/她的未来对于获得'解放'的大屠杀幸存者并非触手可及"（Langer，1994：70-71）。大屠杀的目的是要"糟践犹太人，然后屠杀他们，然后通过抹掉他们的记忆第二次毁灭他们"（Berger，1997：159）。面对这一惨痛经历，犹太人应该如何去反应和把握？应该如何才能不至于"唾手送给希特勒又一次死后的胜利?"（Fackenheim，1970：84）大屠杀记忆的缺失有着无处不在、无时不在的影响，不仅对于犹太人的身份的坚守与维系意义重大，而且对于整个人类的道德操守也是一个衡量的标杆。菲利普·罗斯正是以《鬼作家》中对安妮·弗兰克故事的改写表达了自己的思考，揭示了第二次世界大战后美国社会在对待犹太大屠杀这一历史事件上两种不同处理方式，即"普世化"和"神圣化"之间的争议和交锋。不仅如此，他还在《退场的鬼魂》中进一步续写了故事的结局，对其做了最终的交代。

多年后重回纽约，与艾米·贝莱特的偶遇使内森思绪万千。铅华洗尽，他和艾米都已经垂垂老矣，他也意识到自己已不再是当年那个想要把自己的想象力发挥到极致以反抗犹太社区老一辈强加给他的道德教条、反抗那种犹太式的自恋情节和令人苦恼的正义感的年轻人，而当年他的"反抗手段就是把洛诺夫的艾米变形为牺牲的安妮……作为一个年轻活泼的犹太人里的圣人，艾米成为我虚构出来以抵御悲观厌世的犹太情节的精神堡垒"（菲利普·罗斯，2011c：142）。但是，艾米的真情告白以一种略带反讽意味的方式确认了内森在多年前对于她的身世的虚构：虽然她并非是真正的安妮·弗兰克，但她的遭遇与安妮几无二致；艾米一家是定居挪威奥斯陆的犹太人家庭，随着纳粹的入侵，艾米及家人也遭遇了与安妮一家类似的命运，结果是父母和大哥因为纳粹的迫害而不知所踪，艾米和一个哥哥、两个弟弟因为正义人士的帮助得以幸存。

49

听完艾米的叙述，内森说："现在我明白了。"当艾米要他一说究竟时，他回答道："对大多数人来说，说'我一辈子都停留在少年时代'是意味着我保持着童真的天性，意味着在我的眼里一切都是美好的。而对你，说'我一辈子都停留在少年时代'则意味着我活在这个悲惨的故事里———辈子都沉浸在这个悲惨的故事里。这意味着在我小时候经历了太多的苦难，不论我如何努力，我都将永远生活在它的阴影里。"（菲利普·罗斯，2011c：161-162）回想劫后余生的安妮谈论自己的生活时觉得像是脸被剥去了一半一样，其感受显然与此处内森回答的意味是一致的：对于安妮，苦痛经历后的生活就像被剥掉了一半皮肤的脸，始终是残缺不全的生活，其意义也就不再完整；而对于艾米，其感觉也许更糟糕，因为她的生活已经停留在了经历苦痛的少女时代，用她自己的话说："事实是，我从来也没有告别我的少女时代。我到死都是一个少女。"（菲利普·罗斯，2011c：157）艾米的身世虽然与安妮的有所不同，但其身世在本质上不过是另外一个犹太人遭遇纳粹迫害的例证，是安妮·弗兰克的另一个版本的存在。如此，艾米所来之地源自何方已不重要，而大屠杀对于经历了大屠杀而幸存下来的人和没有经历大屠杀而对其有所理解的人都具有了同样深远的意味。从这个意义上来说，她的故事实际上强化了内森对于犹太人遭遇的同情和体认，深化了对于纳粹暴行的揭露。

那么，在后大屠杀时代，一个作家应该怎么写作才可以把握生活本真的面目，才可以深化自己的写作并承担起自己应承担的责任？菲利普·罗斯通过艾米写给报纸编辑的信件表达了自己的看法："严肃的文学会尽量去回避解释与声明——那是为了启发人们去思考……要让读者们与书本待在一起，让他们通过书本本身去了解书本的意义。"（菲利普·罗斯，2011c：154-155）唯其如此，那"天生就是超越了规矩的"文学的想象力才可能产出更多具有深刻思想的文学作品去打破文学本身"遭到驱逐"的美国的现状，使文学重新发挥其大众的用途，给思想开放的读者带来更大的收获（菲利普·罗斯，2011c：152-153）。正是由于这一考量，思想上深为触动的内森立即在行动上做出了反应。尽管离别艾米回到旅馆已经很晚，内森还是立即开始了工作，争分夺秒地去记录关于艾米身世和际遇的每一个细节以及她和自己的精神导师洛诺夫生活的点点滴滴。于他，"一开始，这是一场苦斗，我总觉得孤立无援，总在想我为什么还要坚持这件我显然已经力不从心的事情。然而，她的故事和她的困厄大大地刺激了我，而且我早已习惯于写作而无法自拔，我无法抵御引领着我的思想的那股力量，而正是我的思想使得我成为我自己"（菲利普·罗斯，2011c：162）。换言之，作为一个犹太人，作为一个作家，与犹太人的维系、对犹太人所遭遇的苦难的深切认同都使内森更加明了自己应该肩负起的责任和使命，那就是用自己的笔去记录、去呈现、去理解犹太人及其不堪回首之过往，而在这一记录、呈现、理解的过程中，内森自己的思想境界也会得到升华，其内含之"犹太性"也将以一种合理的方式得以呈现和升华。在这一点上，他与以作家自居的克里曼形成了鲜明的对照。另外，在这一过程中，作为作家的内森其写作、对写作的感悟和理解也得以升华，将洛诺夫、艾米、克里曼与自己之间的关联从狭隘的圈限中解放出来，赋之以关乎人性的普世意义，恰如内森本人所言："小说从来也不代表着复述事实。它是在叙述的形式下的一种沉思……我要把这个故事变幻为我的真实，这个关于艾米、关于克里曼、关于所有人的故事。"（菲利普·罗斯，2011c：168）

小　结

综上而论，菲利普·罗斯在其创作初期的作品中已经表现出较为强烈的"后大屠杀意识",基于此,他对外界有关其犹太人形象书写行为的种种责难进行了辩驳,表明其作品对于后大屠杀时代犹太人生活的呈现不是一种自发行为,而是一种自觉意识,实为后大屠杀意识普世化的具体表现。对于菲利普·罗斯来说,不以"模式化"的方式去创作有关犹太人生活的作品,反映犹太人生活中本真的喜怒哀乐、酸甜苦辣才是真正维系犹太性的表现。《鬼作家》中内森对于安妮命运的改写实际上是菲利普·罗斯假借内森之口在表达自己对于犹太人和犹太人命运的认识和理解,揭示了第二次世界大战后美国社会在犹太人大屠杀这一问题上"普世化"与"神圣化"的争议和交锋,宣示了他对大屠杀的体认。在现代生活的大潮涌动中,犹太性对于菲利普·罗斯已经不再是一种负担,而是一种坚持和维系。菲利普·罗斯心中的鬼魂——犹太民族不堪回首的过去也随着他笔下的作家内森·朱克曼回到归隐状态而离场。换言之,对于菲利普·罗斯而言,逝者已矣、来者可追,小说中作家内森·朱克曼的归隐也标志了他精神上对自我的超越,对犹太民族过去的超越,他也由此完成了真正意义上作为一位犹太作家的回归,对后大屠杀时代"作家何为""犹太何为"等问题进行了严肃的思考、探讨和回答。虽然我们不能把菲利普·罗斯与其作品的主人公朱克曼画上等号,但他富于创意的写作表明了他与书中的一切人和事所可能产生的认同。换言之,菲利普·罗斯的犹太维系恰恰是通过立足自身身份来进行普世化的创作而得以实现的。事实上,在一次访谈中,菲利普·罗斯自己就承认"《鬼作家》——与《被缚的朱克曼》和《反生活》一道——是一出想象的传记,是个人经历中我给予了大量思考的一些主题所刺激而成的创造"(Milbauer & Watson,1988:1)。

51

第三章　后大屠杀时代的犹太认同与普世化关注

在谈到自己因小说《波特诺伊的怨诉》(1969)导致的来自犹太人社区和族群的敌意时,菲利普·罗斯认为这种敌意是"任何一位当代作家所遇到的最古怪的误读之一。但是,它也给了我一个主题。毕竟,尽管我不想这样,它却是朱克曼小说的主题。但是我不可能避开它,这个主题太大了……"(转引自 Sinclair,1988:168)。在菲利普·罗斯看来,自己之所以要写作《被缚的朱克曼》系列小说,其最重要的功用就在于要反驳因为误读而被强加在自己身上的责骂,"一些非犹太人评论家不理解为什么朱克曼要对这些批评做出回应。他们不理解为什么被比作是戈贝尔和施特莱彻会那样伤人……他们不了解这件事情的历史意义之重大"(转引自 Sinclair,1988:168)。换言之,因为《波特诺伊的怨诉》而招致的来自犹太人社区和族群的责难,尤其是自己被比作最反动的纳粹分子戈贝尔和施特莱彻的责难反倒促成了菲利普·罗斯更深入地对关乎犹太人的问题进行思考,并以自己的创作来表达自己的认识、见解和回应。由是,这些误读于他反而成了一件好事,恰如菲利普·罗斯自己所言:"我部分地期望这些误读从来没有发生过,但是我也知道它是我的好运气,这种敌对使我成为我可能成为的最强的作家。事实上,反对我的犹太人坚持让我成为一个犹太作家。"(转引自 Sinclair,1988:168)正是在这样一种背景下,1979年发表《鬼作家》之后,菲利普·罗斯于1981年、1983年、1985年分别发表了《解放了的朱克曼》《解剖课》《布拉格狂欢》,完成了《被缚的朱克曼》(含三部曲及尾声)系列小说的创作,继续了自己在《鬼作家》中对于有关犹太人的一系列问题的思考和阐发,并最终完成了与犹太族群的认同。不仅如此,菲利普·罗斯还拓展了自己的视野,把自己的关注从美国社会犹太族群生活的狭窄天地出发,将描绘的笔触延伸到欧洲捷克斯洛伐克的犹太族群,探讨后大屠杀时代欧洲犹太族群的道德走向以及他们在严苛政治局势下的艰难命运,表达了一个作家的普世化关怀。

第一节　父子冲突中的复杂情感

前文已就《鬼作家》中主人公内森·朱克曼因其短篇小说集《高等教育》以家

庭内部的遗产争夺为线索，塑造了负面的犹太人形象（涉及祖母的吝啬、姑母的暴力、兄弟的生活放荡等）而与父亲、家人和犹太族群关系紧张进行过详细的论述，此处不再赘述。有论者据此认为："《鬼作家》更多的是关于父亲和鬼魂的故事，而不是关于写作这个职业所带来的惊奇的故事……鬼魂与父亲在很大程度上是同一的。"其意思是说父子关系实际是《鬼作家》试图探讨的主要话题。该评论者甚至认为"《鬼作家》是关于弑父的象征"（Leonard，1982：86-87）。而谢克纳甚至在菲利普·罗斯发表《鬼作家》之前就已指出，是父子关系而非犹太母亲和她们的乖乖儿子之关系是罗斯最好作品之焦点（Schechner，1982：117-132）。但我们注意到，菲利普·罗斯在《鬼作家》一书中更多地将刻画的重心放到了文学青年内森·朱克曼追寻艺术上的"精神父亲"（Voelker，1982：89）以表现犹太性的维系目的之上，对于内森·朱克曼如何处理好和生身父亲的关系并由此和犹太人达成认同却没有明确的交代。换言之，菲利普·罗斯在《鬼作家》中并没有紧紧围绕犹太移民在美国社会面临的突出问题，尤其是围绕犹太移民内部的分化，如犹太传统与非传统的冲突、旧观念与新观念的对立、保持犹太性的不同取向等方面去刻画、反映犹太移民的文化心态、文化状况，从而寻求对"犹太性"的探讨。也许正是这一原因，菲利普·罗斯随后于1981年发表《解放了的朱克曼》，对于父子关系这一问题进行了进一步的探讨。

继短篇小说集《高等教育》之后，内森发表了一部关于犹太人的长篇小说《卡洛夫斯基》。这是一本比《高等教育》的内容和刻画描绘有过之而无不及的书，它给内森带来了极大的商业成功和读者泾渭分明、褒贬有加的评价。一方面，一些读者对他大加赞赏，认为他是纽瓦克的马塞尔·普鲁斯特，是纽瓦克与斯第芬·克莱恩齐名的最伟大的作家，其掀起轩然大波的作品《卡洛夫斯基》对于"作为一个犹太人成长于那个城镇理解透彻"（Roth，1981：13-14）。更有读者赋予他"犹太人的查尔斯·狄更斯"（Roth，1981：44）之称号。另一方面，反对、贬斥他的读者更多，他们斥责他，因为他"在一种绝对变态的西洋镜氛围中描绘犹太人，描绘犹太人的通奸、露阴癖、手淫、鸡奸、恋物癖、拉皮条等"（Roth，1981：7），为此，他"应该被枪毙"（Roth，1981：7）。一位年轻的母亲在遇见他时说："你需要爱，一直以来你都需要爱。我真为你难过。"（Roth，1981：9）而他在图书馆碰到的长者则直言他为内森的父母感到悲哀（Roth，1981：9）。无数的读者来信对他进行批评，其中一些甚至以纪念集中营受难者的名义谴责他的作品伤害了犹太民众的感情（Roth，1981：59）。

读者的这种反应是正常的，是第二次世界大战后美国社会犹太大屠杀"神圣化"

趋向的一个组成部分。犹太大屠杀被视为犹太人的独特经历，是专属于犹太人的。一方面，犹太人认为除了犹太人自己之外，任何非犹太人都不能或没有资格利用、书写、评价犹太大屠杀这一创痛；另一方面，很多犹太人认为犹太族群自己更是不应该在非犹太人面前表现或揭露犹太人自身的弱点或不足，否则就会给犹太人带来威胁，犹太人再一次遭遇灭绝的危险就会随时存在。这一点在老一辈犹太人中体现得更为明显。老一辈的犹太人多数处于一种怀疑状态，犹太民族以往遭遇的凌辱使他们在很大程度上屈服了，因为遭受屈辱简直就可以说是犹太人散居经历的一部分。他们几乎不再相信真的有什么东西界于道德与非道德之间，既不敢果断决绝，也不信奉腐败无能的中庸之道。他们害怕自己的子女脱离犹太之道，担心他们的所作所为会招致麻烦或灾难。而这必然要导致在美国出生成长的年轻一代的诟病和反驳，"两代人之间的距离渐渐形成一道鸿沟，无论醇厚之情还是善良意愿，都不能架起沟通的桥梁"（欧文·豪，1995：241）。内森与父辈因为自己的作品而导致的冲突不过是这一历史经历的缩影而已。

尽管自己的作品成为各个领域人们热议的话题并招致了方方面面的压力，内森却没有打算在写作中做出任何的让步，就像他在大学时代因为以色列问题而与父亲发生争执时坚持自己的看法不让步一样。当时，内森的父亲认为传统的犹太音乐将会为犹太人的事业赢得更多的支持并最终使以色列屹立于世界民族之林。内森却不同意这种夸大犹太音乐价值的看法，坦言决定以色列未来的不是这样一些犹太人的东西而是国际权力政治。这让父亲震怒不已，父子关系一度陷入僵局。显然，老一辈犹太人和年轻一辈的犹太人之所以会在涉及犹太人的一些问题上产生分歧主要是因为父辈更加主观，其所有的看法或态度都是一种感性的陈述或思考，都是根植于维护犹太人的形象或利益的，而年轻一辈的看法或态度则相对客观，是基于社会现实的思考或判断。恰如内森自己所言："长辈们因为反复无常而情感负重太多，他们意识到与之作对的一切早已联手……我们大多数人还需聚集更多的勇气——或者说更多的愚昧——方能挫败他们要求我们达到尽善尽美的热情，远离许可的范围去自由翱翔。他们要求我们做到既遵纪守法又高人一等的理由是我们良心上无法承受的，因而那些近乎绝对的控制完全落入他们成人之手，通过我们这一代他们也尽力完善了自己……大多数情况下，几代人之间的摩擦正好使我们向前迈进。"（菲利普·罗斯，2011b：33）

在谈到美国社会中的犹太人长辈与小辈之间的关系时，欧文·豪（1995：172）曾评价说："如果说两代人之间的冲突对所有移民群体而言，都是关键的经历，那么在犹太人中间，这一点尤其严重，因为他们有这样一个主张，不惜一切代价，也要把子女赶到外面的世界去——或者更准确地说，把他们当作社会存在物推到外面的世界去，同时又在精神上使其不能越出犹太人的轨道。"一方面，犹太父辈希望自己的孩子能够尽快融入美国社会的主流生活，实现他们寄托在孩子身上的种种期望；另一方面，他们又担心子女投身于非犹太人的世界会使子女们迷醉于种种物质诱惑，脱离犹太传统，失掉其身上应该具有的犹太品质，而其结果也必然是"犹太性"的荡然无存。这样一种"半同化家庭"的状况，恰如阿哈龙·阿佩菲尔德所言："其犹太价值观已失去内容，其内部空间已经荒芜，开始闹鬼。"（菲利普·罗斯，2010：26）由此一来，在美国主流社会中长大的年轻一代犹太人就处在了犹太父辈的精神高压和如何成功实现自己美国化的奋斗目标的夹缝之中，由此也自然会生出对于父辈的反叛并由此导致与父辈的冲突。菲利普·罗斯也概莫能外，并在自己的作品中对此进行了刻画和反思。阿哈龙·阿佩菲尔德就曾评价说："菲利普·罗斯仔细地观察陌生人；事实上，陌生人激发了罗斯心中的那个犹太人。然而，他了解得最深入、最全面的恰是犹太人家庭：母亲、父亲和儿子的爱恋、亲密、负担、所有的纠缠不清，他们相互追逐，就像某个人将要被绑架一样。"（Appelfeld，1988：15）哈里欧也曾指出："除了偶尔尝试写写非犹太人世界，罗斯作品的主要背景是美国犹太生活，尤其是美国犹太人的家庭生活。那是他开始的地方，也是他……几乎总是回去的地方。"（Halio，1992：203）谢克纳评价说，"小说家罗斯和文化评论家罗斯同时也是儿子罗斯"（Schechner，1982：118），其意也在于此。

尽管随着年岁的增长，内森与家人的关系稍有缓和，但其对于写作理念的坚持以及由此而创作出来的作品还是给家人带来了极大的困扰和麻烦，他与家人（尤其是和父亲）之间的关系始终存在着罅隙，父亲的存在对于在写作中挑战犹太传统、揭露犹太人生活的假丑恶的内森来说颇具压力。于是，父亲的离世反而使内森大大地松了口气，他觉得"尽管又多了点不可知的东西，他却再一次成为他自己：他不再是任何人的儿子了。他告诉自己，忘记父亲们吧。统统忘掉"[①]（Roth，1981：198）。应该要注意的是，此处内森要忘记的不是"父亲"，而是用了复数名词"父亲们"。显然，他是在象征意义上强调这一点的，其意思不仅仅指他自己的生身父亲，更是指所有的犹太长辈以及犹太长辈们所代表的整个犹太族群和犹太传统。

---

① 在小说中，此处原文为 Plural。其意在强调上文所提到的"父亲"一词是复数而不是单数。笔者意译为"统统忘掉"。

参加完父亲的葬礼，乘飞机离开时，在飞机起飞的刹那，内森突然想象到墨索里尼如影随形跟在自己身后。在短暂的困惑后，他意识到自己实际想象到的是父亲，二者之所以在自己的潜意识中被联系起来是因为父亲在与自己的关系中的所作所为在一定程度上与法西斯的做法几无二致。表面上，内森的父亲遵纪守法、反对法西斯主义、非暴力，积极支持犹太反诽谤联盟的事业，"生也好，死也罢，一切的一切都归结为两点：家庭和希特勒"（Roth，1981：199）。换言之，家庭与犹太人之命运是内森父亲关注的中心。但就是这样一个爱家人、关注犹太人命运的父亲在家庭内对自己的孩子（甚至 7 岁大的孙子）却一直施以高压政策，压制他们的天性和对自己未来的追求，最终给他们的生活带来困难、困惑和问题。在一定程度上，这与法西斯主义所造成的恶果在本质上是相同的，都是对人性的践踏甚或毁灭。

对于一贯反叛并绝对献身于写作事业的内森，父亲没有办法使其屈服。但显然内森一直是父亲的一块心病，直到死，父亲也对内森耿耿于怀，其临终遗言居然是把叛逆的儿子叫作"杂种"（Roth，1981：193）。但叛逆的内森主观上并不接受被自己的父亲叫作"杂种"，也主观地臆测父亲不会把自己叫作"杂种"。他更愿意相信父亲是"人之将死，其言也善"，是临终鼓励自己做一个"更好"的孩子、"更好"的作家。[1] 内森的想法旋即又回到了对写作的思考，想到了何谓"更好的"写作。在这一点上，他在同样身为犹太人，同样在写作上特立独行、风骨傲然的卡夫卡那里找到了认同，赞赏卡夫卡所说："我认为我们应该只阅读那些咬噬我们、激怒我们的书籍。如果我们在读的书不能激发我们，给我们以当头棒喝的话，为什么要读呢？"（Roth，1981：200）换言之，内森在父亲生前于写作上没有让步，坚持了自己本真地反映犹太人生活的写作风格，在父亲死后也没有打算有所改变而是决定走得更远，把纯粹意义的写作进行到底。

但是，对于内森性格软弱的弟弟亨利来说，父亲的影响却带来了不良的后果。年轻时的亨利也曾经有过自己的梦想和追求，试图放弃化学专业而改攻戏剧。但尝试反叛传统、反叛父亲掌控以做回真我的亨利在强硬的父亲面前却遭遇打压并最终屈从于父亲对其生活道路的安排，包括接受在其父亲看来颇具头脑的卡罗尔为女友。在与卡罗尔订婚后，亨利曾想要毁除婚约，后在卡罗尔及其家庭的压力和情感攻势下最终娶了卡罗尔。婚后的亨利却以一种隐秘的、与父亲所要求的犹太传统行为规范相背离的方式来发泄自己的愤懑和对生活的不满，即便是在处理父亲的丧事期间，

---

① 父亲临终遗言"杂种"（bastard）在读音上与"更好"（better）相近。

亨利也没有停止对妻子的道德背叛，抑或说对其父亲的道德背叛。

　　在离开父亲的安息之地回归自己生活的路上，兄弟二人在飞机上都买了酒来喝，这是兄弟二人第一次有这样的行为，是与兄弟二人的日常行为相左的举动。其象征意味深远，是他们在暴君般的、禁锢的父亲死后的自我释放行为，用内森的话说就是"那是内心的那个人的风光之日"（Roth，1981：209）。随后，亨利对内森关于自己婚姻的告白揭示了事情的真相：他最终娶了卡罗尔竟然只是为了借给她的那本关于戏剧表演的书，因为害怕两人婚约破裂而要不回自己记满了读书笔记的书，亨利才决定了与卡罗尔结婚。这一决定看似荒谬，实则必然。那本关于戏剧表演的书实际代表了亨利心中的梦想与追求，代表了亨利的本真。不幸的是，在父亲的打压下，亨利只有放弃真我的追求，屈服于父亲对其生活道路的安排。为了留住梦想、留住生活的希望，亨利不惜选择牺牲自己的情感，即便是这一决定于他无异于"谋杀"（Roth，1981：215）也在所不惜。也正是如此，一贯反叛的哥哥内森才会促请弟弟一定要摆脱当下的状态，做回自己，否则葬身棺材之中且永远不能出来的就不是父亲而是儿子，而被钉死在棺材中的那一个不过是因为"亲爱的儿子"这几个字而被束缚了手脚并由此放弃了自己生活的年轻一辈。简言之，在内森看来，僵死的犹太传统或道德价值观才是亨利苦痛生活的罪魁祸首。

　　回到纽约的内森没有直接回到自己的住处而是叫司机把自己载到了生于斯长于斯的纽瓦克，但纽瓦克早已物是人非，除了出现在他的书中已然无处可寻，一切都"完了。完了。完了。完了。完了"（Roth，1981：223）。"你不再为人子，你不再为人夫，你不再为人兄弟，你也不再来自任何地方了。"（Roth，1981：224-225）内森·朱克曼似乎就此"解放"了。但是，深入理解内森的这一行为，可以看出事情并非如此简单明了。内森回到纽瓦克的举动显然也不是兴之所至的表现，其内心与犹太族群的维系显然被投射到了曾经的犹太人聚居区纽瓦克之上，其中现出的复杂情感是不言自明的。这在菲利普·罗斯的下一部小说中通过病痛中的思考得到了进一步的揭示。

第二节　病痛中的求索与认同

　　与父辈的维系、与犹太族群的维系是长久萦绕在内森心中的问题，在谈到自己与家人的关系时，他说："我们经过 50 场典型的家庭争吵以后，家庭关系仍旧十分紧密，仍旧为同样的强烈感情所维系……我仍像个赤子似的爱他们。不论我是否完

57

全知道这种需要有多深，我确实十分需要他们爱我，而且我认为他们的爱是取之不竭的。"（菲利普·罗斯，2011a：84）在另一个场合，内森也曾表达过类似的思考，他说："尽管有贫穷与特权的等级差异，尽管有许多家庭的争吵留下深刻印象的焦虑——幸运的是，人们后来发现这些争吵并未带来预料的那么多烦恼——还是有某种强有力的东西将大家团结起来。它不只在我们的出生之地将大家连在一起，而且在要去的地方把大家维系，并指导大家如何到达那里。"（菲利普·罗斯，2011b：35）如此，内森对于父亲和家人对自己的作品持反对意见一直想不通，对他们的要求置若罔闻，发表了引起极大争议的作品。事实上，内森不仅发表了那个引起自己与家人关系罅隙的短篇小说，而且发表了在内容上有过之而无不及的长篇小说——《卡洛夫斯基》，并招致来自家人和犹太社会的更大的质疑和批评。但家人并没有和内森决裂，这在很大程度上要归功于其母亲在其中所起到的维系作用。在内森和父亲闹到几近决裂而对父亲不闻不问之时，是母亲在二人中调停、斡旋，想要使内森做出让步，与父亲达成妥协。在这个过程中，母亲没有像父亲那样对内森一味叱责，而是引导内森要谦恭，要虚心，要时刻不忘自己的犹太人身份，做一个负责任的人。在父亲中风而几乎对外界发生的事情一无所知之时，内森的母亲一个人默默地承受着其惊世骇俗的作品所带来的不利影响，并尽自己所能保护内森不受伤害，保护内森父亲的感情不再受伤害。

对于这一切，内森自然心知肚明，他与母亲的维系在《解剖课》的开篇即已被言明："每个男人在生病时都需要他的母亲。"（Roth，2005：3）遭遇莫名其妙病痛的他没有母亲在身边可以依赖，就沉湎于女色、酒精、药物，奔走于各色各样的医生或治疗者之间，但一切对其病痛的减轻、缓和或消除都不起作用。中年的他回首过往，反思人生和写作，认定自己在《卡洛夫斯基》中对于犹太人生活毫不留情的刻画、揭露才是自己病痛的根源，是自己正在遭受的"报应"：

> 为全国都认为是他自己家庭的刻画而遭受报应，为那曾侮辱了千百万人的恶俗而遭受报应，为那使他自己的族群愤怒不已的无耻而遭受报应。显然，他的上半身的伤残正是他自己的罪行招致的报应：原始正义的毁伤……除了像内森这样一个自我束缚的犹太人，谁还会如此亵渎地去描画犹太人那些道德约束呢？是的，你的疾病就是你的必然——那才是其主旨所在——阻挠你康复的恰是你自己，你自己选择了不可治愈。你自己打压内心想要痊愈的意愿，使其屈服了。（Roth，2005：34）

　　这一认识使内森重新思考在"美国化"大潮下成长的年轻一代犹太人与其更加保守、隐忍的父辈之间的关系，他终于认识到自己之所以遭遇莫名的病痛并由此失去了写作的能力在很大程度上就是因为忘记了自己的根本所在，忘记了犹太人的传统。用他自己的话说就是"没有了父亲、母亲和家园，他不再是小说家了。不再是儿子，也不再是作家"（Roth，2005：40）。

　　回想起弟弟亨利在父亲的葬礼后指控自己造成了父亲中风并最终导致父亲死亡，回想起自己在父亲最后的时日里与父亲的紧张、冲突、疏离，内森终于意识到自己与父亲的分歧、冲突、疏离之根本原因在于移居美国的父辈心中萦绕着"犹太魔鬼"，而在美国长大成人的儿子一辈则"迷醉于驱除魔鬼"（Roth，2005：40）。换言之，内森终于意识到以父亲为代表的犹太父辈背负的是犹太人的传统和过去，他们必须在并不友好的美国社会打拼以求得体面、安宁的生存，而像自己一样生于美国、长于美国的犹太后辈则是以纯粹的"美国化"方式来应付一切，包括父辈所坚持的民族传统、习惯、风俗等，但与此同时，他们又因为自己身上那挥之不去的犹太特性而遭遇迷惘、不安、焦虑和痛苦。恰如内森所言：

　　　　在美国作为一个犹太移民的后代被养大意味着被赋予了走出贫民窟到一个毫无控制的思想世界。没有意大利人或爱尔兰人或波兰人那样的故国维系和令人窒息的教堂，也没有一代代的美国先辈们把你绑缚在美国生活之上或者因你的忠诚而对其畸形变态盲目以对，你可以想读什么就读什么，想写什么就写什么。疏离？那不过是"解放了"的另一种说法而已。一个甚至是从犹太人那里解放了的犹太人——不过只是平稳地保持着作为一个犹太人的自我意识而已……解放了的犹太人像一只野兽，被其无穷无尽的新的欲求弄得如此销魂、如此焦虑不安以至于突然直立起来咬啮自己的尾巴，一边享受自己那迷人的味道，一边又对自己的牙齿所带来的痛楚大呼小叫，吼着那痛苦的语句。（Roth，2005：74-75）

　　由是观之，内森自己与家人、族群的对立及抗争、其弟弟亨利的放纵行为都是犹太父辈与已经"美国化"的年轻一代矛盾、冲突、疏离的具体体现。更为糟糕的是，"美国化"的年轻一代之间也是矛盾重重、冲突不断。内森劝解亨利要摆脱父亲的影响，重新开始自己新的生活；亨利虽然对父亲的情感也像哥哥对父亲那样爱恨交织，却拒绝哥哥的劝请并指控内森的写作直接造成了导致父亲死亡的病症的发作（Roth，1981：217-219）。亨利也像父亲那样诅咒哥哥，称其为"杂种"。这完全出乎内森的意料，给内森带来了极大的冲击，兄弟二人也就此不欢而散。内森和弟弟之间的关系就这样一直处于一种疏离状态，母亲的安康成了父亲死后他们保持联系的唯一理由。但是，弟弟的指控一直萦绕在内森的心头，"对父亲晚年的记忆、对和父亲之间紧张关系的记忆，还有其苦痛以及那令人迷惑的疏离，合着亨利对他那可疑的指控一直啮噬着他。父亲的临终诅咒也啮噬着他。自己写下了只是为了让人讨厌的作品、自己的作品除了固执地反抗一位令人尊敬的足病症疗师外并无其他意味这一想法也啮噬着他"（Roth，2005：40）。如前所述，内森的"解放"显然并未达成。

在内森的记忆中，父亲与母亲是如此的不同："那刺鼻的味道、那决定性的噪音、那美国理想、那犹太复国主义的狂热、那犹太的愤怒，所有这一切对一个小男孩来说是生动而鼓舞人心的，几乎是超人的，这一切都属于他的父亲；而在他生命的第一个十年于他如此巨大的母亲在回忆中不过轻柔细密如一顶薄绸帽子。"（Roth，2005：47）母亲去世之后，回忆生命中母亲的种种行为、回忆母亲调和自己和父亲之间关系的种种努力，病痛中的内森才终于意识到，即便是像他母亲那样一个看似宁静、简朴、负责任、平和、无忧无虑的人在涉及犹太人的过去与传统时也是出乎他的预料的。平时，母亲任由父亲对犹太人的过去和未来高谈阔论，似乎除了相夫教子外别无他求。但当她因中风第二次入院治疗时，貌似糊涂的她没有按照医生的要求写下自己的名字以证明自己清醒如常，她精确无误写下的却是"大屠杀"一词（Roth，2005：41）。在内森的记忆中，母亲除了记记菜谱、写写感谢的便条以及抄录编织毛衣的指南之外，从来没有写过其他。但就在她脑袋里边的肿瘤日益增大，似乎把一切都挤压出去的时候，只有"大屠杀"这个词似乎在其脑中生了根、无法撼动。"他们甚至都不知道，它一定一直在那里。"（Roth，2005：42）这一细节终于使内森意识到虽然母亲没有像父亲那样把与犹太人相关的事情时刻挂在嘴边，但她的心中藏得最深的恰恰是犹太人那挥之不去的伤痛过去，其中的含义意味深远。欧文·豪关于大屠杀记忆对于犹太人所具有的独特意义之评说恰如其分地剖析了内森母亲这一行为的内在动因：

> 大屠杀的记忆深深地嵌入犹太人的意识之中，所有或几乎所有一切均使他们感到，不管作为一名犹太人意味着什么，它都要求他们一定尽量永久做犹太人。在某种程度上，这是一件恐怖的事情，在更大程度上是一件需要的事情，在最大程度上是一件荣誉的事情。除此之外，在无法讲述的情况下，解释大屠杀的任何借口，关于其原因的任何理论都必将落得不符

合逻辑，沦为纯粹的玩弄概念。除了记住之外，别无他事可做，而且最好是独自默默地牢记。（欧文·豪，1995：571）

菲利普·罗斯自己对此显然也心知肚明，在一次访谈中谈到大屠杀时他曾这样评价说："如果你拿走那个词，随之而去的只有这样一个事实——朱克曼小说的任何一本都将不复存在。"（Roth，1985：136）

如前所述，内森与父亲的矛盾与冲突直到父亲死亡也没有消除，父亲临终的话语是对儿子的诅咒而非祝福，说明他至死也没有原谅儿子。内森在父亲死后俨然摆脱了一切束缚和压力，暗自享受着"解放"的快乐，甚而鼓励/教唆弟弟亨利也要勇敢地去摆脱父亲的影响，走出其已经失望的婚姻生活。但弟弟不但没有接受其劝解而是将真相和盘托出，指责哥哥的小说给父亲和母亲带来了极大的伤害以至于父亲在失望中死去、母亲则忍辱负重面对一切不利局面。及至母亲去世、自己也经历着莫名的病痛时，内森回首往昔，重新思考生活和生命的意义，才发现自己的生活离不开种种"维系"，才意识到自己的过往也许需要重新去思考、去评价。在母亲的葬礼上，弟弟亨利发表了洋洋洒洒17页五千余字持续时间近一个小时的悼词，其中显出的孝道于内森可以说是字字入心，令他感触良多，生出了"如果儿子们都像那样的话，我自己也愿意有个儿子"（Roth，2005：56）的想法。对于一直不注重家庭维系而只醉心写作并因此数次离婚且没有子嗣的内森来说，这绝对表明他对于家庭关系的新的认识和认同。也正是因为如此，内森在母亲的遗物中唯独珍惜上文提到的写着"大屠杀"一词的字条（Roth，2005：59）。

病痛中的内森梦见了母亲，梦见自己终于意识到对母亲的伤害，梦见自己想要对母亲有所补偿而不能得偿所愿，他终于认识到"母亲是他唯一的爱……她不在了，但她比过去30年出现在他生命中的时候还要多"（Roth，2005：239）。不仅如此，内森还通过对母亲的认同而达成了与家人的认同：在病痛中，他假想有人握住自己的手以减轻痛苦来达成自娱自乐的目的，当时，在他的潜意识中占据了重要位置的恰恰是与其疏远的家人。更进一步，内森认识到了作为晚辈，自己应该对父辈尽到应尽的责任和义务，为此他主动答应要陪朋友波比的父亲弗莱特格先生去为他逝去的老伴上坟。他因药物迷狂而攻击弗莱特格先生后，弗莱特格先生没有追究内森的罪过，反而对他报以同情、宽容、鼓励，这让内森颇为感动，使他对于父子之间的复杂关系感触良多，认为正是父子之间的爱恨交集才使一切发生，为此，"他要忘记一切"（Roth，2005：282），重新开始。

61

显然，内森在病痛后对于生活、生命的感悟已然不同：过去的内森沉湎于写作，固执地守望自己所理解的写作之真谛并不惜使自己疏离于家人、朋友和生活本身，但经历了严重病痛的内森终于认识到生命中重要的并非是将自己囿于所谓"纯粹"的写作，而是应该面对苦痛、面对生命、面对死亡，不要因为写作而使自己像过去那样成为行尸走肉，而要对家人、对所有人表达同情、尊重和致敬。唯其如此，生命才显可贵。由此，内森也表明了自己在思想上、精神上与家人的高度一致，表明了他对犹太人及其过去的苦难历史的高度体认。故事终了，仍然处于病痛恢复中的内森一有机会就会主动向医院的实习医生提出要求，陪伴他们到各个病房巡视并尽自己最大的努力去安慰、鼓励、同情其他的病人。由此，内森对自己的病痛和精神进行了一场较为深刻的解剖，为之画上了一个圆满的句号。

第三节 政治的"狂欢"与人性的关注

在《解剖课》中，除了那一直挥之不去的病痛，萦绕在内森·朱克曼心中、占据了他大量思考的东西就是从他青年时代就一直执着追求的写作。尤其是父母亲去世后，他时时回首自己的写作道路并思考自己的作品所造成的后果。不管过去如何、不管病痛如何影响他，他对父母心怀歉疚以至于生出放弃写作转而攻读医学的念头，但他的作品所带来的影响和后果已然铸成，不可改变。也许，让事情就按其原来的轨迹发展也是一个不错的选择，好比"如果你杀死了国王，那就杀死他——然后你要么崩溃并毁掉你自己，要么就直接上位登基还要好一点"（Roth，2005：181）。这一面使得病痛中的内森挣扎着要继续写作而不能，另一面又使得他想要放弃写作而转为其他也不能，由此陷入一种莫名的两难境地。

实际上，并非只有内森自己把病痛与其写作联系起来。他的一位友人伊万·菲尔特就断言内森的病痛根源在于"深藏于心的愤怒"（Roth，2005：81），而这一论断来自他对内森的小说《卡洛夫斯基》的解读。菲尔特将内森的病痛与其写作联系起来，认为这种愤怒是内森"表达那些不被接纳的憎恶之无可比拟的载体"（Roth，2005：82），而这恰恰给予了他的作品以"更加现实的意味"（Roth，2005：82）。他鼓励内森说："愤怒。用愤怒瞄准、开火，保持开火直到他们都销声匿迹。你很快就会成为一个健康的小说家的。"（Roth，2005：84）当然，内森并没有把自己局限于愤怒，让自己在愤怒中写作以发泄自己的莫名情绪。他对于一切事情，尤其是关涉犹太人的事务一如既往地保持着清醒的头脑，这在他与另一位犹太裔评论家米尔顿·阿佩尔交恶并对其进行了反驳和讥讽一事上得到了充分表现。

年轻时的内森在读过阿佩尔有关犹太移民父辈与在美国长大的年轻一代犹太人之间冲突的文章后对其佩服倍至，时时以其文章鼓励自己继续坚持自己的写作，哪怕与家人闹到决裂也在所不惜，因为他从阿佩尔的文章中获得了力量，他知道"他并不孤立……他是一个社会类型……他与父亲的战斗是悲剧的必然"（Roth，2005：69）。阿佩尔在内森发表《高等教育》时也曾把内森视作"神童"，认为其作品"新颖、权威、确切"（Roth，2005：68）。但在《卡洛夫斯基》发表后，阿佩尔却对《高等教育》做了重新评价，认为该故事集除了一个故事还勉强可读外，其他完全就是"偏见的垃圾"（Roth，2005：69），而内森随后发表的三本小说则"刻薄、无趣、自以为是"（Roth，2005：69），不值一读。至于作者内森，"尽管他也许不是个彻头彻尾的反犹分子，他肯定也不是犹太人的朋友"（Roth，2005：69）。对此，内森深感伤害，他不能接受自己年轻时崇拜的阿佩尔居然如此评价自己的作品，"他恨阿佩尔并将永远不会原谅或忘记其攻讦"（Roth，2005：78）。但恰恰就是这个阿佩尔竟然主动和内森扯上了联系。其时正值第四次中东战争[①]之后，以色列虽然在该次战争中没有被打败，却在战后遭遇了多重困局，在联合国安理会、欧洲媒体，甚至在美国国会都遭到了谴责。阿佩尔写信给伊万·菲尔特，叫他督请内森为以色列的命运写作以达到警醒犹太人的效果。阿佩尔的信件显然经过了仔细考虑，因为他在信件的开头就提到了"犹太人先是被毒气所毁灭，现在也许会被石油给毁灭"（Roth，2005：84），其意思是犹太人在第二次世界大战中遭遇了惨绝人寰的大屠杀，伤痛至极，而今又面临着第四次中东战争后的危局，"在全世界都准备要整死犹太人的时刻"（Roth，2005：85），作为一个犹太人自然应该有所行动才算是肩负起了自己应尽的责任。于他而言，他自然会用自己的笔去为以色列、犹太人摇旗呐喊，但因为他的立场一贯如此，其效果也就不会出乎公众的预料。但内森不同，因为内森一直是犹太人眼中犹太民族的批评者、揭露者，如果他出面写作支持以色列的文章，那一定能够对公众起到震撼的效用。但内森识破了阿佩尔的把戏，没有答应阿佩尔的要求。相反，内森直指阿佩尔的软肋，对其进行了批评，拒绝盲目地在以色列事务上发表

63

---

① 第四次中东战争（又称赎罪日战争、斋月战争、十月战争），发生于 1973 年 10 月 6 日至 10 月 26 日，起源于埃及与叙利亚分别打算收复六年前被以色列占领的西奈半岛和戈兰高地。战争的前一日埃叙联盟明显占了上风，但此后战况逆转。至第二周，叙军退出戈兰高地。在西奈，以色列军队在两军之间出击，越过了原来的停火线苏伊士运河。这次战争以双方平局收场，结果是阿拉伯国家扭转了过去接连失败的状态，使双方在战略上恢复了平衡。

不符合实际的文章，他说："这些犹太人，这些犹太人和他们负责任的儿子们！一开始他说我假借小说诋毁犹太人，现在他又想要我在《纽约时报》为他们摇旗呐喊！"（Roth，2005：98）"显然，我不想犹太人被毁灭。那没有多少意义。但是我并不是个以色列事务的权威。"（Roth，2005：99）在与自己的秘书戴安娜谈到此事时，他直言虽然阿佩尔为以色列一事而奉承他，他却清楚地知道自己并非政治人物，自己"不会写关于国际政治的文章，不会为任何人写"（Roth，2005：100）。内森对于自己的身份是有着充分认识的，即便是作为一个犹太人，他也没有就此对关涉以色列的事务人云亦云，而是坚持了自己一贯的立场，坚持自己写作的独立性。慢慢地，内森对于自己的病痛有了更深刻的认识，意识到自己"并非是个病人——他是在与'以为自己生病了这一念头'作斗争"（Roth，2005：171）。"如果他写日记记录自己的病痛的话，唯一的一则日记将会只有一个词——自己。"（Roth，2005：232）换言之，内森终于意识到所谓病痛不过是"境由心造""魔由心生"的结果，按他自己的说法："这就是生活。充满了真正的考验。"（Roth，2005：290）也正是随着其认识的改进和提高，内森的病痛越来越减轻，其心境也转向正常，他对于生活、生命的感悟也越来越积极向上。

　　我们注意到，菲利普·罗斯在《解剖课》这本"猛烈、真诚""充满笑料和绚丽夺目的故事"[①]的书中，在嬉笑怒骂的外衣下，探讨了众多的主题：人性的放纵、艺术的追求、身份的追问、族群的认同等，但最重要的显然是菲利普·罗斯意识到大屠杀在很大程度上已经被阿佩尔之流拖入了"神圣化"的轨道，大屠杀被简化成犹太人私有的不幸和犹太民族专有的灾难，而这种简单化理解和处理是危险的。事实上，自第二次世界大战结束到1967年"六日战争"，美国犹太人度过了一个"黄金时期"，迅速在美国社会生活的方方面面融入了主流，发挥着此前从未有过的作用和影响力。但是，"六日战争"中以色列对阿拉伯世界所获得的胜利及其在战争中显示出来的强大力量反而再次撕开了纳粹大屠杀带给犹太人的创痛伤口，重新在犹太人中间激起了大屠杀带来的无助、恐惧感觉，使长期以来在反犹太氛围中所遭遇的"被包围感"和"受压迫感"大大强化，犹太人对于自身的安全变得前所未有的敏感，越来越多地要求采取主动出击以"先发制人"的方式维持对阿拉伯民族的合法强权与高压占领以消除犹太人所面临的威胁。在这一思路的指导下，越来越多的（美国）犹太人因为大屠杀这一历史创伤而回归民族认同，犹太民族的凝聚力得到加强，纳粹大屠杀也越来越多地被美国犹太人利用以制造出强大的舆论从而获取道义资本和政

---

　　① 约翰·厄普戴克（John Updike）对该书的评价。转引自 Philip Roth，20005：封面。

治权力，并以此反对任何针对以色列强权的批评或行为。阿佩尔之流在美国社会并不在少数，其思想可能给美国社会的道德构建带来负面的影响是需要警惕的。在《解剖课》中，菲利普·罗斯正是通过刻画主人公内森不为阿佩尔之流蛊惑来表达自己对后大屠杀时代美国社会犹太人思想状况的思考，反对将大屠杀单纯地与犹太人捆绑起来并借"大屠杀"之名以行犹太人之事，因为大屠杀不仅是犹太人的问题，也不仅是发生在犹太人身上的一个历史事件，而是一个关乎现代理性社会的关键问题。由此出发，菲利普·罗斯从对涉及犹太人的问题的探讨逐渐过渡到了更为普适性的问题的探讨，其成果就是 1985 年发表的构成《被缚的朱克曼》系列"尾声"的作品——《布拉格狂欢》。该书将关注点从美国社会犹太族群生活的狭窄天地转向后大屠杀时代欧洲犹太族群在严苛政治局势和极权统治下的道德走向及其艰难命运，既以此表达了作家的普世化关怀，又表现了对于后大屠杀时代如何避免落入极权政治的反思。

在《布拉格狂欢》中，身居纽约的内森接待了来自布拉格的作家斯索维斯基，后者在谈到自己逃离布拉格的原因时说："我不能写作，不能在公共场合讲话，我甚至不能见见朋友，否则就要遭遇询问。试图做点什么，做任何事情，都是把自己的幸福置于危险的境地，把妻子、孩子、父母的幸福置于危险的境地。"（Roth，1995：8）他唯一能够选择的就是离开布拉格，走上流亡之路，而逼迫他走上流亡之路的正是以"布拉格之春"而闻名于世的政治运动：1968 年，捷克斯洛伐克共产党中央第一书记杜布切克发起了名为"布拉格之春"的改革，旨在探索符合本国国情的社会主义道路。为了实行统一的"苏联体制"，苏联决定对捷克斯洛伐克这场有脱离苏联控制倾向的改革运动进行干涉。6 月下旬，华沙条约组织在捷克斯洛伐克境内举行军事演习，演习结束数日参演部队才撤离。7 月之后，局势有所缓和。8 月 3 日晚华沙条约组织在捷克斯洛伐克签署联合声明，危机似乎已经过去。但 8 月 20 日晚苏联及华沙条约组织成员国突然武装入侵捷克斯洛伐克。鉴于 1956 年发生在匈牙利的悲剧[①]，杜布切克并没有组织抵抗。21 日拂晓，苏联占领布拉格，逮捕了杜布切克，将捷克斯洛伐克置于其统治之下。其后，苏联政府的一系列政策造成了捷克斯洛伐克国内紧张的政治局势并直接导致了十万人左右的难民流向西方，其中包括许多精英知识分子。斯索维斯基的陈述也算是这一事件的一个注脚。

65

---

① 指匈牙利事件，又称匈牙利十月事件或 1956 年匈牙利革命，发生于 1956 年 10 月 23 日至 11 月 4 日，是由大学生和知识分子发起的以反对苏联模式和苏联控制为主要内容的和平游行而引发的武装暴动和冲突。在苏联的两次军事干预下，事件被平息。事件共造成约 2700 名匈牙利人死亡。

虽然菲利普·罗斯对斯索维斯基困境的描述直指苏联入侵捷克斯洛伐克这一历史事实，但斯索维斯基作家与犹太人的双重身份却意味良多，让我们不得不联想到在纳粹统治时期整个"德意志第三帝国"即包括原德国、奥地利、捷克斯洛伐克在内的整个中欧地区的犹太人的流亡问题。本质上，二者之间在一定程度甚至可以被画上等号。有学者就认为："纳粹德国的反犹迫害与犹太人的反应，才构成了完整意义上的欧洲犹太人问题①；纳粹党徒对犹太人的集体大屠杀与少部分犹太人的流亡，才使欧洲犹太人问题变成了人类现代史上的一个世界性问题。"（李工真，2010：2）显然，菲利普·罗斯观照的对象远远不只局限于来自布拉格的一位流亡者，其潜在的指向可以追溯到对于造成了犹太大屠杀恶果的纳粹极权制度的思考，这与其一贯的"后大屠杀意识"思维是相一致的。在对艾萨克·巴什维斯·辛格进行访谈时谈到纳粹制度下欧洲犹太人作家被迫流亡的状况，菲利普·罗斯（2010：103）曾评价说："毕竟，被迫背井离乡、放弃母语是几乎所有作家都害怕的事情，也许是他们最不愿意完成的。"

具体到流亡国外的知识分子，他们的生活从此陷入了一种漂泊状态，落入了一种两难的境地，居于夹缝而一无所能，而身处异乡遭遇身份的缺失、缺损直接造成了其创作的无根状态，其作品自然也就成了无根之木、无源之水，其价值或效果也就无从谈起。斯索维斯基就深切地体会到了这一点，他说："在那里，我至少可以做个捷克人——但是我不能成为一个作家。在西方，我可以成为一个作家，但却做不了捷克人。在这里，作为一个作家我完全微不足道，我**只是**个作家。我不再拥有那些赋予生活以意义的东西——祖国、语言、朋友、家人、记忆，等等——在这里，创作文学作品就成了我的一切。但是我能创作的作品只能是关于那里的生活，而只有在那里它才能够产生我想要的效果。"（Roth，1995：9-10）斯索维斯基的话语清楚地表明了因为严苛政治的阻挠而不得不背井离乡的作家在政治高压下自由的失落以及没有办法继续创作的苦痛，其不幸自然也就超越了个人而具有了普世性的意义。

除却自己的困境，斯索维斯基更为忧心的是捷克斯洛伐克国内民众的状况。"布拉格之春"后，短短八年的时间，政治的高压已经使苏联人的统治得以顺利实施，捷克斯洛伐克的民众已经被纳入了苏联人为其设计的生活轨道，"慢慢接受了其命运……只有作家和知识分子继续被迫害着，只有写作和思考被压制着；其他人都心满意足，甚至满足于他们对俄国人的憎恨，而大多数人比任何时候都要活得更加滋

① 德国社会内部长期来所滋生的反犹传统将犹太人的存在视为威胁德意志民族生存与健康的根本性问题，从而将其定义为"犹太人问题"。

润"（Roth，1995：8）。不仅如此，极权政治统治下的捷克斯洛伐克民众对于一切已经见惯不惊，对于其荒唐、腐朽、谬误也安之若素，无论发生什么也不过是耸耸肩膀说："纯粹帅克，纯粹卡夫卡。"（Roth，1995：12）其意思是说现实中的种种事件俨然已与文学作品如《好兵帅克》《城堡》等虚构的荒唐、腐朽事件跨界交融，真假难辨，所以不如就此接受，让一切事情保持现状。如若不然，其命运要么就是被迫离开祖国，要么就是留在国内保持沉默；而对于"那些不想离开又不想保持沉默的人，其最终的结局就是被投入监狱"（Roth，1995：18）。除却自由被剥夺，专制制度下民众的生存状况及其心理变化可以说完全处于一种变态的境地，捷克斯洛伐克社会的道德状况之低下也可见一斑。

　　在讲述极权政治统治下的捷克斯洛伐克的糟糕状况时，斯索维斯基提到了自己的作家父亲身前的轶事以及父亲遗留在那里的意第绪语手稿，表达了自己想要找回其手稿而不得之困难。斯索维斯基尊其父亲为"意第绪语的福楼拜"，并认为父亲的作品所写的故事关乎"连绵不绝的无家可归之感觉"（Roth，1995：21）。这激发起了作为作家的内森的兴趣，随后他到布拉格以寻求斯索维斯基父亲的手稿。实际上，决定到布拉格的内森对于自己要承担的角色是存在一定幻想的，他认为自己要担当的角色是"值得的、庄重的、可敬的"（Roth，1995：37），因为这涉及在专制统治凌驾于一切之上的国度将斯索维斯基父亲的意第绪语作品弄到手、带到美国以寻求出版发行，这在一定程度上是一种英雄举动，是对犹太文化或传统的积极贡献，也是对于他为之毕生孜孜以求的写作的崇高事业的贡献。但是，内森的布拉格之行时时处处带给他以"狂欢"的体验，他的角色也以一种他没有预料到的方式遭遇逆转。

　　初到布拉格，内森迅即感觉到了极权政治的种种表现。表面上，布拉格极端自由，一种狂欢的精神弥漫其中，"人人都在找乐子，甚至学生也是如此。……欧洲最好的狂欢在捷克斯洛伐克"（Roth，1995：25）。"在布拉格，你可以做任何你想做的事情，没有人会在乎。"（Roth，1995：36）但实际的情况恰恰相反，一切都处在极权政治的掌控之中，民众的狂欢心态不过是醉生梦死的表现。无论他到任何地方，其友人都提醒他监听/监控无处不在，切记小心行事。实际上，除了极权政治统治机构本身，如警察等，民众已然堕落成了其走狗、帮凶，"半数的国民被雇佣以监视另外一半国民"（Roth，1995：33）。在极权政治高压下的民众相互之间信心、信任的缺失程度可见一斑。这一点在内森的友人布罗特卡的故事中就得到了表现：专制当局雇佣布罗特卡的朋友布莱察来监视他，但布莱察的监视报告因其糟糕的写作水平而让当局不得要领。在布莱察酒后吐真言向布罗特卡承认自己的监视行为后，布罗特卡主动担起

67

了自己写自己的监视报告这一任务并因其出色的写作而使布莱察得到了提升，飞黄腾达后的布莱察却最终与布罗特卡反目成仇。这一故事中体现出的极权政治的荒谬简直可笑至极，而极权政治下人性的扭曲和事态的无聊由此也被揭露出来。

虽然内森成功地说服了斯索维斯基的妻子并拿到了其父亲遗留的手稿，他的布拉格之行却以一种急转直下的方式戛然而止，被专制当局画上了句号：在他拿到手稿回到旅馆房间时，便衣警察随形而至，没收了手稿并决定将他遣送出境。在去往机场的路上，负责遣送的官员诺瓦克宣称作家在捷克斯洛伐克社会肩负重任，"他们不仅必须为国家创作文学作品，他们还必须是大众礼仪和公共良心的试金石……全国人民仰望他们以寻求道德引领"（Roth，1995：77-78）。但内森在布拉格的所见所闻证明，在极权政治的高压下，诺瓦克所谓的文学必定是在一种扭曲的、失真的状态下进行的，除了对专制政府当局歌功颂德外并不能真实地反映社会的真相和民众的生活。前文所述布罗特卡的朋友布莱察在写作上一无是处却因为写作而飞黄腾达的故事即是明证。在诺瓦克看来，内森到布拉格后接触到的与政府当局持不同意见的人士对于捷克斯洛伐克和其民众来说都不是爱国人士而是敌人，是捷克斯洛伐克国家命运的破坏者。"真正代表了捷克精神"（Roth，1995：82）的是像他父亲那样的人，他们对于政治漠不关心，对于谁在掌控捷克斯洛伐克人民的命运根本就无所谓，即便是"希特勒来时，他也赞扬希特勒"（Roth，1995：82）。换言之，那些只考虑自己日常能够享受小日子并因此能够忍辱偷生、不管国家民族命运的人反而成了捷克斯洛伐克存在的脊梁！这其中所现出的捷克斯洛伐克社会的现实以及捷克斯洛伐克民众真正的精神状况之堕落已经到了令人震惊的程度。

对此，内森充满了愤怒却又不得不接受被遣送出境的安排，他以卡夫卡故事中的主人公 K 的问题"除了留在这儿的意愿，是什么诱使我来到这个凄凉的国度？"（Roth，2005：83）来追问自己身在捷克斯洛伐克的缘由，表现出布拉格之行与其精神上的维系，而最为糟糕的状况则是艺术及其精神在极权政治高压下的失落：他寻求的手稿得而复失，一位可能存在的伟大犹太作家的作品被没收而就此泯灭而不得其所。回顾自己在布拉格短短几十个小时的停留，事物的呈现恰似一场莫名的"狂欢"，一切都恍若虚无。无论是使内森到布拉格的斯索维斯基关于其父亲的故事也好，还是让内森最终被驱逐的诺瓦克关于其父亲的故事也罢，其真假已然难于辨别，就好像"存在的核心还不够怪诞，还需要更多的故事来为它添枝加叶"（Roth，1995：85）一样。内森被驱逐出境，一场狂欢式的行程最终也以"狂欢"的方式画上了句号，他也将继续自己关于生活、写作、政治、人性的思索，去向下一段旅程。

在 1974 年的一次访谈中，在论及讽刺尼克松的小说《我们这帮人》时，菲利普·罗斯表达了自己对于政治的看法，宣称自己"强烈地感受到了作为一种道德胁迫的政治力量"（Roth，1975：10）。他认为，这种力量使很多东西被"政治化"了，就像捷克斯洛伐克或智利的普通民众所经历的那样，"政府作为一种胁迫力量每天都存在于人们的意识之中，这种力量持续不断地存在于人们的思想中，远远不仅仅是一种实施必要控制的制度化的、不完美的系统那样简单"。虽然美国民众不用禁言收声，"但是这并不能减少我们居住在一个道德失控、孤注一掷的政府掌控的国家之中这种感觉"（Roth，1975：11）。显然，菲利普·罗斯对于政治、政府及其在人们生活中的影响是持保留意见的，《布拉格狂欢》表达的恰是他对于后大屠杀时代关涉极权政治问题的思考。哈罗德·布鲁姆就曾评价说："《布拉格狂欢》既是菲利普·罗斯最暗淡的也是其最滑稽的作品……随着《布拉格狂欢》的发表，菲利普·罗斯已然超越了他自己……《布拉格狂欢》具有一种扰人心境的卓著：它一方面淫秽、骇人听闻，另一方面又精妙地体现了一种已经成为普遍状态的恐怖现实。"（Bloom，1986：1）

69

小　结

综上而论，内森·朱克曼从《解放了的朱克曼》中似是而非的所谓"解放"到《解剖课》中身陷病痛中的反思和自我剖析，深切刻画了自己与父亲之间的复杂情感以及对母亲的依恋和愧疚之情，从而表现了犹太族群父辈与年轻一代的关系在后大屠杀时代的美国如何达成一种最终的认同。刘洪一在考察美国犹太小说对"父与子"母题的运用时就认为菲利普·罗斯"在运用'父与子'母题时，不是写实性地局限于对美国犹太移民生活的反映，而是借用'父与子'母题的关系程式和内涵，去表现更具有普遍意义的思想主题，从而使得'父与子'母题获得了一种新的文学性焕发"（刘洪一，2002：105）。菲利普·罗斯"始终关注着犹太传统，他以一种反叛的眼光着重观察传统中的阴暗因素，因而父子冲突的主题表现得尤为强烈。他对父与子主题的表现与其说是表现一种关系的过程，莫如说是强调一种关系的性质——冲突性质。这种性质在菲利普·罗斯的创作中并未因事过境迁而有所改变"（刘洪一，2002：106）。及至《布拉格狂欢》，菲利普·罗斯的思考已然超越个人、族群，进一步深入了对于后大屠杀时代极权政治之严重后果的反思，对于更具有普世意义的关于人性进步的问题的思考。质言之，将《鬼作家》《解放了的朱克曼》《解剖课》《布拉格狂欢》作为一个整体来解读，可以得出一个毫无异议的结论：内森·朱克曼并未解放。这也许正是这几部作品被视为一体并被命名为"被缚的朱克曼"之原因。

第四章 后大屠杀时代美国犹太问题反思

1986 年发表的《反生活》在菲利普·罗斯的作品中有着比较重要的地位，"这部小说的出版，标志着其创作生涯中的又一个新起点"（乔国强，2008：474）。菲利普·罗斯自己就曾说："这不是一个普通的、读者习惯阅读的亚里士多德式叙事或者我自己习惯写作的故事。也不是说它没有开头、主体、结局；它有**太多的**开头、主体和结局。在这本书中，你永远不能深入事情的本质——不是以所有问题得到解答而结束，而是一切在结尾时突然又充满了问题。"（Milbauer & Watson，1988：11）《反生活》"也许是菲利普·罗斯创作中最重要，也是最复杂难懂的一部作品"，其"内容扑朔迷离，前后矛盾，几近荒诞；结构上则杂乱无章，奇幻多变，读来如坠迷宫"（黄铁池，2007：97）。约什·鲁宾（Josh Rubin）等评论家甚至认为菲利普·罗斯是在故意玩弄后现代小说技巧，是在竭力通过后现代技巧来迎合专业文学评论家的口味（转引自 Finney，1993：24）。对此，菲利普·罗斯并不认同，他认为该书"在技巧上没有什么'现代主义''后现代主义'或者哪怕是一点点前卫的东西。一直以来，我们都在书写生活的虚构版本，书写着相互矛盾但又纠缠不清的故事，不管它们有多么微妙或者多么扭曲，它们都构建了我们对现实的把握，是我们对真理的最近接近"（Milbauer & Watson，1988：11-12）。从《反生活》开始，菲利普·罗斯从关注、反映第二代美国犹太移民反叛、回避、彷徨转向探讨第三代移民对犹太性的寻找和回归，并在此基础上展开了对当代犹太人最敏感、最关注的问题，如异族通婚、同化与反同化、狂热的犹太复国主义迷梦、后大屠杀时代对于大屠杀这一历史事件的利用等问题的呈现和反映，"实验性地展开了政治、历史和身份构建之间的对话"（胡蕾，2015：iii）。不仅如此，"美国性的回归使罗斯在文学创作后期再次关注美国现实"（胡蕾，2015：v）。在其十几年后创作的"美国三部曲"（《美国牧歌》《我嫁给了共产党人》《人性的污秽》）中，菲利普·罗斯继续以内森·朱克曼为叙述者、评判者对《反生活》中言犹未尽的话题，如反犹主义、种族主义、战争的罪恶等进行了探讨，对当代美国社会的一系列重大问题进行了揭示，反映了菲利普·罗斯从更为普世化的层面对后大屠杀时代美国社会后大屠杀话语构建状况的深刻反思。

第一节　犹太人的问题与挑战

《反生活》的故事情节以内森·朱克曼和弟弟亨利平凡而又奇特的生活经历为主线，在美国本土巴塞尔、以色列及从以色列飞往伦敦的航班上以及英国等几个背景下展开。小说中的故事缺乏一致性，多重的故事情节间不仅重复而且没有关联，其内容更是因为人物没有任何交代就实现角色之间的转换和生死之间的转换而显得荒诞不经。不仅如此，书中还有故事套故事、创作评论同时粉墨登场、书中人物公然拒绝参与作家虚构的故事等内容，这更是增加了解读这部小说的难度。

内森的弟弟亨利是一个成功的牙科医生，过着富足美满、衣食无忧的生活，但他因心脏不适而服药治疗后竟然出现了性功能障碍。这对于亨利不啻是一个极大的打击，因为他很长时间来与妻子貌合神离，已有过好几个情人。为了摆脱病痛，重振男性雄风，他不顾家人反对进行了心脏手术，但恰恰就是这相当普通的手术竟然要了他的命。在弟弟的葬礼上，内森遇见了亲戚格罗斯曼，后者表达了自己的担忧，他说：“人人都在为以色列担忧。但你知道我的忧虑是什么吗？就在这儿。美国。这儿正在发生着糟糕的事情。我觉得就像是在 1935 年的波兰一样。不，不是反犹主义。那迟早会来的。不，是犯罪、是无法无天、是恐慌的人。金钱——什么都可以卖，只有那才算数。”（Roth，1986：40）换言之，格罗斯曼对美国社会物质至上的状况充满了担忧，认为这犹如大屠杀前波兰社会的状况，美国的现实正在朝着糟糕的方向发展，犹太人在美国的命运与未来堪忧，“反犹”不过是个时间问题。格罗斯曼的反应是自然的，也是正常的。事实上，由于历史上的种种梦魇经历的影响，大多数美国犹太移民及其子女内心一直存在着一种恐惧心理，生怕反犹主义在美国再度成为一个严重的问题。而到了 20 世纪中期以后，这种恐惧通常已不是真正的恐惧，而成为一种劝告，告诫犹太人应该保持这种恐惧，即使没有直接的理由要焦虑，过去的经历也是值得警惕的。

格罗斯曼的话语引发了内森的思考，他想到了弟弟及其非犹太人情人玛丽亚的关系，想象到他们之间关于玛丽亚担心自己雅利安人外在形象对犹太人来说不够吸引力的对话，想象到弟弟对此回答说：“嘿，我们不要拿这个世纪来反对你吧。”（Roth，1986：42）内森假想发生在亨利及其情人之间的对话，其意直接指向 20 世纪中期发生的大屠杀后犹太人和非犹太人之关系，说明潜意识中内森对于身为犹太人的弟弟与身为雅利安人的玛丽亚之间的交往是持保留意见的。不仅如此，他意

71

识到亨利的角色或者说亨利所犯下的错误也可能在自己身上发生，在"我们"（犹太人）身上发生。

这一想象的场景直接指向美国犹太人面临的一个问题，即与非犹太人通婚而被同化的问题。事实上，自犹太人进入流散时期以来，同化问题就一直是其生活中无法回避的问题之一。"在这漫长的时期里，犹太人表现出的主要是精神上的不可侵犯；他们面对着强大的同化攻势，为保留自己的特点和传统，不断地进行英勇的斗争。"（哈伊姆·赫尔佐克，1995：83）过去，美国文化反对跨越种族和宗教界限的婚姻，主张族内婚姻。但随着社会的发展、主流文化的演进，异族通婚逐渐为人们所接受并在一定程度上得到鼓励，因为人们认为反对男女之间跨越种族、信仰、宗教的婚姻是和美国精神相背离的，是种族主义的。也正是在这种大背景下，越来越多的犹太人也和非犹太人异族通婚。"据统计，1900 年前后，98.92%的犹太人不与外族通婚，1900—1920 年，美国犹太人与外族通婚的比例仅为 2%，1940 年这一比例为 3%，到 1965 年，通婚比例高达 17.4%，而在 1966—1972 年，每 100 个犹太人中有 32 个与异族通婚。"（张倩红，1999：273）但问题随之而来：异族通婚后，如何保持犹太人的群体意识、民族意识？异族通婚后，婚姻中的非犹太人是否会皈依犹太教，强化犹太族群意识？又或者异族通婚中的犹太人是否会脱离犹太教而与犹太族群背离？异族通婚后所生育的子女是否会继续做犹太人？他们是否会脱离犹太族群而泯然众人？犹太族群是否最终会完全被同化以至于不复存在？也许正是因为有这样一些思考，菲利普·罗斯才在《反生活》的最后一章安排内森与基督教徒玛丽亚结婚并回到她的故乡英国去拜访岳母一家，而在此过程中两人在谈话中几次因是否应该为即将出生的孩子举行"割礼"这一问题而发生争执。在给内森的回信中，玛丽亚写道："如果就是这个为你建立起了你身为父亲的真实的话——使你重新获得了你自己身为父亲的真实的话——那就这样吧。"（Roth，1986：315）她的回答显然已经揭示了她在这一问题上绝不让步的立场，而内森对于"割礼"的坚持以及其中所现出的焦虑也明白无误地传达了他作为一个犹太人在面对非犹太世界时近乎非理性的态度，因为为新生儿举行"割礼"一向被视为犹太教最重要的庆典仪式之一，"行割礼即代表与上帝立约。行过割礼的新生儿便被认为进入了犹太人的行列，成为犹太民族的一员。这样，割礼便在事实上成为犹太人身份的一种认定"（徐新，2006：227）。按照菲利普·罗斯（2010：140）自己的解释，"这是他对要把他的孩子施行洗礼以讨好玛丽亚的母亲作出的反应，他咄咄逼人而又愤怒的反应。割礼赞歌从那个威胁中产生"。这一细节恰是与前述诸多问题相关联的一个具体而关键性的细节。两人因为是否为孩子举行"割礼"一事没有达成一致意见也预示了两人最后分道扬镳的结局。

内森对于犹太人未来命运的思考并未就此结束，而是在与弟弟的亲情交集中以一种出人意料的方式得以继续。亨利并未因为手术而死去，但病痛中的他几乎对生活失去了希望，手术后仍然意志消沉。在到以色列寻求康复的过程中，一次偶然聆听犹太小孩学习希伯来语的经历却在突然间促使其身上的犹太性觉醒，意识到自己生活的根本恰恰在于自己身为犹太人这一事实。他说："当我聆听他们的时候，内心激流涌动，我有了一种认识——在我生命的最深处，我生命的**根本**，**我是他们**，我**一直**都是他们……就在那时我开始意识到我的一切，我什么也不是，我从来就不是**什么**，我现在是个犹太人……其他什么都是表面的，其他什么都已被一烧而光……我**不仅仅**是个犹太人，我不是**也**是个犹太人——**我和那些犹太人一样是个犹太人。**此外再无其他。"（Roth，1986：60-61）回到纽约的亨利向别人诉说自己在以色列所经历的精神重生，但没有任何人对其表现出任何兴趣、认同和理解，这加深了他的愁闷，"他的热忱变成了悲怆的失望，他开始觉得比自己离开前更加失落"（Roth,1986：62），与他人形同陌路的事实促使他放弃了在美国衣食无忧却没有任何精神支撑的生活，再次到以色列继续自己对"犹太性"的追寻。

应该看到，亨利的问题并不是他一个人的问题，亨利是一个典型。自19世纪末期开始的最大一次犹太移民浪潮把大批的犹太人带到了美国，经过三四代人的奋斗，犹太人成功地融入了美国社会，构成了"新移民"群体的主流。"在今日美国，犹太人总数约600万，仅占美国总人口的2%左右，但其在政治、经济、文化诸领域拥有强大的影响力，特别是对公众舆论的形成、意识形态的塑造、议事日程的设定和对外政策的制定都能发挥举足轻重的作用。"（潘光，2010：1）尽管如此，生活在美国的犹太人也面临着各种各样的挑战，其中最严峻的挑战就是"同化和认同之间的紧张关系，这使以下两者彼此对立：一方面是渴望成为美国人并遵循美国标准，另一方面是担心犹太人过于遵循这种标准而磨灭了个性并因此消失"（乔纳森·萨纳，2010：9）。更有甚者，"同化了的犹太人建构了一套人文价值体系，并以此为坐标向外看世界。他们确信他们不再是犹太人，适用于'犹太人'的不再适用于他们。那种奇怪的确信使他们成为盲人或者半盲的人"（菲利普·罗斯，2010：35）。菲利普·罗斯作品中的一个人物就曾经宣称："我是犹太孩子，毋庸置疑，但是我并不愿就有犹太民族的特性。我甚至都不怎么清楚它是什么。也不太想明白。我想有的是国民的特性。对于生在美国的我的父母来说，对于我来说，没有比这更自然更合适的了。"（菲利普·罗斯，2011d：35）在美国这个民族大熔炉中，虽然犹太人基本不再感受到种族歧视的偏见，但对其民族/族群身份迷失的担忧及害怕犹太人的宗教文化传统失落又成为犹太人新的问题。不少第三代、第四代的犹太人就像亨利一样急切地希望能够找到自己的"应许之地"，为此不惜放弃在美国安逸富足的生活，到唯一的犹太国度（以色列）以实现梦想。但是，不少人却又随之落入狂热的犹太复国主义的迷梦，由此误入歧途。亨利的经历即是例证，而去到以色列劝解亨利放弃寻根旅程以回归正常美国生活的内森的所见所闻则深切地揭露了犹太复国主义的真实面目。

实际上，多年前第一次到以色列参加主题为"文学中的犹太人"的研讨会，内森在与老朋友苏基的父亲接触时就很直接地感受到了犹太复国主义的偏狭。苏基的父亲认为以色列才应该是犹太人的安身立命之地，"除此之外，没有任何地方是犹太人的国度"（Roth，1986：52）。他对内森说："我们生活在犹太人的大剧院，而你不过是住在犹太人的博物馆。"（Roth，1986：52）其言下之意是说对于犹太人来说，发生在以色列的一切才是实实在在关涉到犹太人的事件，犹太民族的过去、现在、未来只有在以色列才表现出其真正的意义，而内森所居住的美国不过像座博物馆，除了让人了解一点有关犹太人过去的信息外并不能对当下的犹太民族的命运或者其未来的走向产生影响。内森对此并不赞同。在他看来，在以色列短暂的旅行却使自己感觉这所谓的"犹太家园"距离自己很远很远，自己"不需要住在一个犹太国度以成其为一个犹太人"（Roth，1986：53），这就像苏基的父亲觉得每天三次到犹太教堂祈祷是一种必须一样自然。内森坚持认为，"美国并不能简单地归结为犹太人和非犹太人，反犹太分子也并非是美国犹太人的最大问题"（Roth，1986：54）。内森虽然对美国社会的种种弊端以及美国犹太人的种种不足一直深恶痛绝，在其写作中大加挞伐，但是对于苏基父亲这种偏激的犹太思想也不能认同，认为在这种犹太复国主义狂热氛围中所表达的种种关于犹太人、犹太性的观点或实践实际是相当理想化的，是站在自身的立场去思考一切问题的结果，就像内森自己对待美国社会也带有理想化的观点一样。

也是在那次行程中，内森在苏基的引荐下见到了时任以色列总理本-古里安，但内森对他的评价不高，认为与其见面所得到的体会、感受甚至还没有苏基的父亲给自己的教益多。我们知道，本-古里安1935年就当选为犹太复国主义执委会主席和犹太代办处执委会主席，1948年出任以色列第一任总理兼国防部长，与第一任总统哈伊姆·魏茨曼并称世界犹太复国主义运动的两巨头。在长达30年的时间里，他一直是犹太民族的领袖，是现代以色列当之无愧的国父。内森对他的评价不高，也从一个侧面表明了内森对于犹太复国主义持保留意见。

　　身为犹太人的著名诗人艾伦·金斯伯格（2005b：70）曾经评价说："一旦建立了一个世俗国家，如同所有国家那样，犹太人会面临权力政治带来的种种问题，并且屈从于现代国家的物质主义和权力傲慢以及民族主义导致的对人性的漠视，也会招致由此而引发的正统主义的抨击。然而，很多人没有勇气去批判……没有人敢说任何令以色列难堪的话，这是无礼的，是变节行为，是犹太人神经性的、自我贬低的反犹主义。"事实上，以色列国家的成立对于老一代和新一代犹太人的影响显然也是不同的。"从犹太复国主义运动开始到1948年5月14日以色列宣布独立，一直强调运动的目的是犹太民族的自新……在这个国家里，强调的是共同利益而不是个人的利益。在以色列，人们很早就从生活中学到集体是重要的。"（劳伦斯·迈耶，1987：75）像内森父亲一样的老一辈犹太人对犹太复国主义、对以色列国的极度认同正是基于这样一种认识，他们认为重要的不在于非犹太人做了什么，而在于犹太人应该做些什么以确保他们自身的命运和福祉。要实现这一点，最关键的是要每一个犹太人都能提高自己的意识，以犹太性为中心去思考、去行动，也正是在这个意义上，如果是一个犹太小摊贩能够对内森父亲谈及犹太人过去在暴力面前的无助以达成警醒犹太人的目的，这更能使内森的父亲高兴。换言之，如果每一个犹太人都具有了极强的犹太意识，对于犹太人的苦难过去不忘怀并以史为鉴，那最终的结果对犹太人的命运一定具有极大的改进和提高效果。正是这一点使内森的父亲更为高兴，而以色列国家的建立正是犹太人诉求的高度表达，至少"对他那帮日渐衰老的犹太朋友们来说，军事的、胜利的以色列是他们长久以来所受到的耻辱迫害的复仇者；在大屠杀的创伤中由犹太人创立的国家对他们来说就是那迟到的答案，它不仅是那无畏的犹太力量的象征，它更是那正当怒火和快意恩仇的工具"（Roth，1986：56）。我们注意到，内森在谈到父亲及其朋友时，认为如果是他们中的任何一个人在"六日战争"中担任以色列国防部长的话，他们一定会无视与阿拉伯人的停火协议，让以色列的坦克横扫敌人，直捣开罗、阿曼、大马士革，让阿拉伯人像第二次世界大战中的德国人那样无条件投降。其言外之意无非是说犹太人与阿拉伯人本身的恩怨使其将阿拉伯人等同于第二次世界大战时期的纳粹德国人，但犹太人在"六日战争"中的行为和心理与纳粹分子又何其相似。其中的反讽意味、反思意味是显明的。艾伦·金斯伯格（2005b：70-71）对此就曾经论述说："与阿拉伯武装阵营相对抗，它转移了对以色列军事生活所引起的问题的考虑。两种群体都相信他们是上帝选中的，或历史上就注定要去羞辱他们的邻族，否则就会在耻辱中灭亡。"齐格蒙·鲍曼（2002：3）在论及大屠杀时也认为："犹太国家则力图把这段悲剧的历史用来当做其政治合法性的依据，当做其过去和将来政策的安全通行证，并且，更重要的是，当做它为可能要干的不道义行为提前支付的代价。"但是，欧洲六百万犹太人被屠杀的伤痛记忆，是否可以确保以色列驱逐、屠杀阿拉伯人的正义性？犹太人被屠杀、灭绝的惨痛历史，是否可以被当做犹太人争取生存空间的道德资源？对于犹太人来说，这些问题是关乎犹太人生存现状与历史记忆之关系中最敏感的问题，也是拷问当今每一个犹太灵魂的关键问题。

作为年轻一代犹太人，内森的朋友苏基则对其父亲所坚持的关于犹太人、以色列的观点持保留意见。在他看来，以色列最大的问题就在于其极端思想及极端行为。"在这里，一切都黑白分明，人人都在叫嚣，人人都总是正确的。在这里，极端如此之多，这样一个小国家已经不堪重负。"（Roth，1986：64）尤其是在第一次中东战争后，兄弟惨死、父亲悲逝的苏基对以犹太之名进行的政治实践和战争纠纷的认识更加深刻，对于因犹太之名出现的种种极端言行、实践和狂热思想，他已显得格格不入，生活在以色列于他已越来越表现出令人心灰意冷之面目，而其生活在以色列的唯一原因不过是在这里可能听到犹太人自嘲式的反犹太笑话而已。

苏基虽然并不认同极端思想和极端行为，但他对于犹太性的坚守却是显而易见的。苏基询问内森是否要为他将出生的孩子行"割礼"，内森认为这并非是个问题，也非必须。苏基由此认为内森在面对犹太问题时并不坦诚、坦然。他问内森："你为什么要假装和自己的犹太情感如此疏离呢？在书中，好像你所担心的总是到底什么才是犹太人，而在生活里，你却假装自己满足于做犹太存在链条上的最后一环。"（Roth，1986：73）换言之，苏基认为，作为一个犹太作家，内森与犹太民族本身的勾连是抹杀不了的，而内森认为自己疏离于犹太人的主要根源在于"流散"却没有根据，反倒是所谓的犹太人"家园"以色列非常依赖于美国这一点才更令人担心，因为在"流散"中，"像你一样的犹太人生活安定，不用害怕迫害或者暴力，而我们却过着来到这里想要摆脱的那种身处险境的犹太生活"（Roth，1986：73）。

苏基的评价是中肯的、客观的，他的担心也是有道理的，因为以色列虽然一切都以犹太之名行事，实际却已经沦为政治的玩物。而一个国家的命运一旦落到狂热政治的泥淖中，其未来的走向也就必然要打上一个大大的问号，单是以色列有为数不少的狂热的、偏执的犹太复国主义分子这一点已经可以说明不少问题。内森的弟弟亨利抛妻离子来到以色列变身为一个极端狂热的犹太复国主义分子即是具体的体现。在苏基看来，亨利所崇拜的极端犹太复国主义分子李普曼已然具有"法西斯主义的气息"（Roth，1986：76），其手段不过是"拿犹太人的不安全说事"（Roth，1986：73）。更为严重的是，李普曼"并非来自乌有之乡……在每个犹太社区都有这样的人"（Roth，1986：73），这样一个国度毫无疑问"完完全全疯掉了"（Roth，1986：73）。显然，菲利普·罗斯正是通过苏基颇为客观的评述来阐释自己对法西斯主义的看法，揭示其本质，指出"犹太性"的名号走向极端之时已经和法西斯主义没有多大不同，而其最终的结果只会是"这个国家的毁灭"，因为这个地方已经变成了"犹太迷狂的监狱"，变成了"犹太天才能够想出来的每一种疯狂行为的滋生场所"（Roth，1986：77）。

内森去犹太人心中的圣地"哭墙"参观时遇到两个年轻人，一个不依不饶一定要他拜祭"哭墙"，另一个表达了对他的崇拜。前者对犹太教义的笃信与坚持甚至有些无理取闹，而后者崇拜他仅仅是因为其主要描写犹太人的书中涉及棒球而非其他，而且后者也有盲目的犹太教义影响之表现。此外，内森到达以色列探访亨利的短暂时间内已经遇见了多个操纽约口音或者流利地说着地道英语的年轻人，他们像亨利一样来到耶路撒冷寻求精神家园，但无可救药地陷入一种犹太复国主义的狂热，将世界与以色列绝对地对立起来，认为"全世界很快将看到这个国家灰飞烟灭"（Roth，1986：102）。他们甚至将"流散"中的犹太人与居住在以色列的犹太人绝对地对立起来，认为他们与非犹太人为友，是真正"疯狂的"犹太人。更有甚者，亨利的精神导师李普曼的妻子罗妮特认为在美国，犹太人受到同化和非犹太人通婚"正在造成第二次'大屠杀'"，"精神上的'大屠杀'"，其致命程度对于犹太人就像阿拉伯人带给以色列国的威胁一样。用她的话说就是"希特勒在奥斯维辛没有完成的事业，美国犹太人自己正在他们自己的卧室内完成"（Roth，1986：103）。在她看来，希特勒对犹太人的大屠杀是"严酷的灭绝"，而美国犹太人被同化和异族通婚则是"温柔的灭绝"，是一种"精神自杀"（Roth，1986：103）。对此，内森并不认同，他知道自己已没有办法与这些被狂热蒙蔽了心智的极端分子交流沟通，所以他选择不去回答他们的斥问或者与他们进一步交流沟通，因为他知道这些受到极端狂热思想影响的人在思想上、思维上已经非正常，其偏见已然根深蒂固，要改变已经不可能。亨利可以说就是一个典型，他甚至拒绝和内森谈论自己的选择和决定，他说："让我见鬼去吧，忘记我。我是我已经忘记的某人。我在这里不再存在。没有时间来为我考虑，没有什么需要我了——在这里只有朱迪亚①算数，我不算数！"（Roth，1986：105）

---

① 朱迪亚（Judea），古巴勒斯坦南部地区，包括今天巴勒斯坦南部地区和约旦西南部地区。犹太人视其为自己的土地、自己的故国。

其意思是说除了一个犹太人的国度，已经没有其他任何事情或者事物是他的关注所在，即便是他自己的一切也早已经被置之度外。

在谈到与阿拉伯人的争端并使用暴力解决时，亨利说，"不是因为我们残酷，而是因为他们发现我们软弱。在这里，有些事情不好但你必须做。他们不尊重彬彬有礼，他们不尊重脆弱。阿拉伯人尊重的是强权"（Roth，1986：106）。其中的犹太复国主义狂热和以暴制暴的思想已端倪毕现。这也是以以色列第一代领导人本-古里安为代表的犹太复国主义分子的基本逻辑，是一种"受害者吸收、内化了加害者的逻辑"（王炎，2007：89），它所造成的是中东局势的长期动荡和犹太人与阿拉伯人冤冤相报的复仇怪圈，血腥与暴力的梦魇在犹太人的生活中也就一直挥之不去。

在谈到自己的生活时，亨利否定了一切，认为一切都了无意义，家庭、事业、生活于他不过是"病入膏肓的自我扭曲、自我变形、自我伪装"（Roth，1986：111）而已。其中体现出的盲目令内森完全哭笑不得，要进一步与其沟通也就不再可能，所以他只能感慨："我无法把握这突然的改变，它与我和每一个人所认为的那个亨利是如此之大不同……我不明白。"（Roth，1986：118-119）所以他也只能问自己："他现在所说的'犹太人'到底藏着什么目的——或者，'犹太人'是不是只是他藏身其间的东西呢？"（Roth，1986：119）与亨利以及他的同伴们接触一天下来，内森仍然对其思想和行为不得要领，不知道为什么他们会如此笃信那样一种意识形态的宣扬以至于"不仅仅是把每一个犹太人都看作是一个潜在的以色列人，而且只要他们试图在其他任何地方正常生活，他们就是那可怕的、即将来临的反犹太灾难命中注定的牺牲品"（Roth，1986：132）。

亨利的精神导师李普曼的看法和亨利相比有过之而无不及。他为能够居住在犹太人的"圣经"家园而自豪，他认为当下的犹太家园可以说是"一个群狼环侍的丛林"（Roth，1986：116），这里面有犹太人的软弱怯懦，但把这种软弱怯懦称为"犹太道德"，这是非常危险的，终将导致他们的毁灭。所以，"犹太人必须决定他想要什么——然后，他就能够采取行动并达成目标"（Roth，1986：116），否则他们终将"像他们为第一次'大屠杀'负责那样为第二次'大屠杀'负责"（Roth，1986：116）。在李普曼看来，像苏基一样的犹太人试图以和平、文明的方式来解决巴以冲突，其所作所为于伊斯兰世界无异于与虎谋皮，并不会得到好的结果，只会被认为是疯子或叛徒的行径，因为"伊斯兰世界只想一件事情：赢，取胜，从伊斯兰世界将以色列这个毒瘤抹掉"（Roth，1986：117），而"历史和现实造就未来，那几纸合约却不会！"（Roth，1986：117）

　　不仅如此，李普曼及其追随者还认为"反犹主义"无处不在、无时不在，"对犹太人的妖魔化不会终止"（Roth，1986：123）。就算是在美国，一旦大量的移民涌入并造成各种问题的时候，犹太人一定会被推上风口浪尖，被当成替罪羊牺牲掉，其地位和命运甚至不如长期遭遇种族偏见和歧视的黑人，而通过这种"美国种族大灭绝"（Roth，1986：124），美国白色人种的纯正性会得到重建。李普曼及其追随者一再提醒内森不要忘记希特勒以及希特勒领导所造成的大屠杀悲剧，更不要忘记美国犹太人的境况已然藏着极大的危机，"犹太人应该在第二个希特勒成功之前离开美国"（Roth，1986：125）。在李普曼及其追随者看来，要解决问题，要确定以色列国的安全，确保犹太人的命运和未来，以暴易暴是不可避免的。他说："我是这样一个人，对于敌人的暴力，我将以真正的暴力去应对……我们绝不让步！"（Roth，1986：128）换言之，"犹太人无比恐惧，可仅仅愤怒却无济于事，于是只好更多地诉诸武力"（艾伦·金斯伯格，2005b：70）。

　　在与亨利不欢而散后回程的飞机上，内森邻座的另一位犹太人向内森表达了自己的困惑，表示虽然他也为犹太人在以色列所取得的成就而惊讶、自豪，但不懂为什么住在以色列的犹太人坚持要问他"为什么他们要继续生活在'流散'状态中"（Roth，1986：143）这一问题。这表明他在以色列所遭遇的情况和内森一样，内森所接触到的狂热犹太人群体显然不是孤立的，其他的犹太人对于居于"流散"状态下的犹太人也不理解，因为他们认为"流散"对于犹太人不是一个正确的选择，身为犹太人，唯一正确的选择是回到以色列，"如果你是个好犹太人，你就该在以色列，做个犹太人社会中的犹太人……这是世界上唯一真正犹太的地方，只有犹太才是以色列"（Roth，1986：143）。这种论调与李普曼、亨利等是如出一辙的，这也是为什么亨利对于内森劝说他回归美国生活要严词拒绝的原因，因为在他（以及和他一样狂热的犹太人）看来，像自己的祖辈那样到美国、居于"流散"是在"逃避历史"，而回归以色列、参与到以色列的事务中去才是在"创造历史"（Roth，1986：140）。

　　追根溯源，内森认为亨利所遭遇的问题实际还是一个确立自身身份的问题，但是亨利的追寻出现了偏差。在内森看来，每一个人身份的生成、确定，不过都是自己心中的想象而已。不仅如此，我们在想象自己试图成为一个什么样的人的时候，还加上了我们对别人的想象，加上了我们以为别人会把我们想象成什么样子的想象。如此，我们的生活实际已和所有人产生了交集和勾连，试图像亨利那样抛下一切去塑造一个所谓"全新的"自我，把过去抛诸脑后是绝对不可能的事情。与此类似，亨利所认定的"家园"——以色列亦复如此，在这里，人人都在追问："到底做个犹太人是怎么回事？……犹太人首先是个什么？"（Roth，1986：145）但正本清源，所谓"犹太人"也不过是别人对于某一个人的称谓而已。在这个意义上说，以色列犹太人的处境与希特勒统治下的纳粹德国时期的犹太人的境况并没有本质的区别。犹太人之所以在纳粹德国遭遇大屠杀的悲剧，最主要的原因就是纳粹分子以自己的方式将犹太人想象成了毒瘤并决定将其除掉以达成所谓的"最终解决"。只不过，在这一场悲剧中，占据主导地位的是那些充满了偏见想象的纳粹分子，犹太人则成了他们眼中的洪水猛兽，其被屠杀也就无可避免。如是，非要去追问和强求犹太人应该如何、应该怎么样在很大程度上也不过是一种想象而已，而这种追问、这种强求没有也不会有一个明确的答案或结果，其原因就在于犹太人在追寻自己的身份的过程中实际加入了别人（尤其是阿拉伯人）对犹太人的想象。恰如齐默尔曼所言："其实，随着以色列国的建立，犹太人散居异国即处于不独立和受迫害的地位的状态，本已结束了。可是在以色列人的谈话和讨论中，认为自己是受害者后人这种古老的自我感知仍然普遍占上风。他们杜撰出来的回忆超越了当今的现实。"（摩西·齐默尔曼，2007：248）艾伦·金斯伯格（2005a：67）则认为："以色列人的苦恼就在于他们是犹太人，而且已经被纳粹和前几个时代其他种族主义的魔法催眠术师弄得精神恍惚。种族优越论的纳粹理论和犹太人作为上帝选定的种族的问题之间有着惊人的如镜像般相似之处。"质言之，犹太人的问题对于犹太人自己和非犹太人并不应该成为一个问题，但正是犹太人和非犹太人之间相互的偏见才导致了一切问题。

内森庆幸自己和弟弟幸运，因为他们的祖辈在大屠杀惨剧席卷欧洲大陆之前就已经离开了那充满了偏见想象的土地，到美国安身立命，其结果当然并非仅仅是"拯救了我们的皮囊"（Roth，1986：145）。内森的意思是说自己的祖辈之所以下定决心离开反犹太人偏见日渐高涨的家园到美国就是要摆脱偏见，去寻找一种和平的、人性的理想生活，而亨利的所作所为却恰恰与此背道而驰，因为李普曼之流虽然打着"避免又一个希特勒、避免又一场犹太大屠杀"（Roth，1986：145）的口号，其真实意图不过是"扫除每一种不利的道德约束，重建犹太人的精神卓越"（Roth，1986：145）。质言之，李普曼之流不过是想要以一种偏见想象取代另一种偏见想象而已。李普曼之流的所作所为在本质上与纳粹分子的所作所为已经趋同，其高下正误也就不过是自说自话———一种偏见想象而已。如此，李普曼之流"把每一个有和平倾向的、有人道主义理想的犹太人贬斥为懦夫、叛徒或者白痴"（Roth，1986：146）也就不难理解了。

内森认为，如果确实因为遭遇了"反犹主义"的危险而到以色列并成为犹太复国主义分子，那也无可厚非。但亨利的问题并非是"反犹主义"或文化隔阂或是个人对大屠杀的某种歉疚感受造成的，"不是犹太'格托'（ghetto）①精神或者非犹太人及其所带来的威胁所造成的"（Roth，1986：146）。亨利到以色列，抱着所谓"创造历史"的信念，实际不过是言过其实而已，因为"历史并不是像工人造车那样被造出来的———一个人在历史中担当的角色并不一定非要显赫才好，即便对自己也是如此……即便你不一定知晓每时每刻，也并没有言明，你所创造的犹太历史比他们的历史也毫不逊色"（Roth，1986：146）。亨利试图追求的与以色列国以及犹太民族之未来相关的所谓理想实际是根源于前文所述之偏见根深蒂固的犹太复国主义的。

　　按照内森的理解："犹太复国主义不仅仅源于犹太人逃避思想偏狭之危险以及社会不公和迫害之残酷的深切梦想，它还源于一种高度意识的渴望，渴望摆脱几乎任何似乎具有明显犹太特征的行为，亦即颠覆犹太存在的方式。构建一种与自己的'反神话'同质的'反生活'正是犹太复国主义的核心所在。它是一种绝妙的乌托邦主义，它是被人想象出来的最极端的人类变形之宣言。"（Roth，1986：147）由此出发，亨利的追求更多的是因其对个人生活不满意而生出的理想主义或乌托邦实践，是亨利"年轻时代的最后大爆发"或者"中年时代的最后大爆发"（Roth，1986：152），其本质不过都是"一种深化他生活的欲求。这种欲求足够真实，不过其方式却似乎糟糕而不搭界"（Roth，1986：152）。

　　内森的朋友苏基也对犹太复国主义以及犹太复国主义氛围下以色列犹太人的种种非正常行为和表现毫不讳言，对于李普曼之流可能给以色列、给犹太人带来的危害也有着客观、清醒的认识，所以他才专门给内森写信，提醒他如果要以以色列犹太人的状况为素材创作的话，一定要小心谨慎，否则就会带来负面影响或危害，因为他写的每个词句都很可能会成为"攻击犹太人的潜在武器，是敌人弹药库中的炸弹"（Roth，1986：157）。要避免这种结果，一定要认清李普曼及其追随者的真实面目：他们就像"一个无法抗拒的犹太马戏团"（Roth，1986：157），其演出虽然拙劣，但可能被视为以色列的代表，由此以色列在世人眼中也必将同等丑陋、同样极端。苏基希望内森在作品中涉及这些时，不要让李普曼之流成了"犹太复国主义的肮脏心脏，犹太国度的真实脸面"（Roth，1986：159），否则以色列国就会表现为非犹太

81

---

①"格托"也称"隔都"，最初是反犹太政体为了隔离犹太人、限制犹太人而划定的仅限于犹太人居住的特定区域。客观上，"格托"却为犹太人创造了一个隔绝于主流社会之外的生活场所，因为"格托"减少了外界对犹太人的侵扰或袭击，使犹太人更为集中地生活在一起，其世代相传的犹太文化传统、生活习俗、风物习惯得以自觉坚守并完整保存，由此形成了一个特有的犹太文化空间，即在文化上完全独行于自己的疆域，既不让异族文化侵入，更不与异族文化融合的文化空间。

世界眼中的面目——沙文主义、穷兵黩武、咄咄逼人、权力狂扬。如果内森的作品造成这种效果，也许他也会招致批评和攻讦：过去就有人谴责他的作品"对希特勒屠杀的恐怖视而不见，不可饶恕"（Roth，1986：162），现在也可能会有人攻击他，认为他所刻画的以色列负面形象会导致美国政府停止对以色列的经济援助。希特勒对犹太人的大屠杀也好，美国政府对以色列政府的经济支持也罢，其后果都是将犹太人置于困境，带给犹太人无尽的麻烦和问题，二者并没有本质上的不同，其结果不外如苏基所言："先是六百万，现在则是三十亿——不，没有终结！"（Roth，1986：162）其言外之意自然是说希特勒的大屠杀使六百万犹太人遭遇了几近灭绝的悲剧，而美国对以色列政府的经济支持会把以色列引向何方也得打上一个大大的问号。

内森对此做出回应，要求苏基"停止把我叫做正常的犹太人。本来就没有这种动物存在，为什么要有呢？"（Roth，1986：162）同时，内森也指出，实际上像李普曼之流在美国也为数不少并取得了极大的成功，正是他们被视为正常并由此取得了极大的政治权利，是他们自己而不是他们的写作在影响甚至改变着犹太历史。

早在 1975 年，菲利普·罗斯就对《出埃及记》的导演里昂·尤里斯进行了严肃、严厉的批评，里昂·尤里斯宣称："我们犹太人并非如我们所被刻画的那样。事实上，我们犹太人一直是斗士。"菲利普·罗斯认为其宣言"如此简单、愚蠢、无所启示，根本不值一驳"（Roth，1975：138）。在论及里昂·尤里斯的《出埃及记》中以"斗士"之名所宣扬的暴力思想时，菲利普·罗斯就指出，《出埃及记》所刻画的以"斗士"形象出现的犹太人代表着一种不好的倾向，将给犹太人带来负面的影响。他说："我在想，它所起的作用就是从我们的国家意识中卸去重担，这一重担堪比'大屠杀'记忆本身，而六百万犹太人在其真实、无谓而残忍的恐怖中灰飞烟灭。"（Roth，1975：145）换言之，如果犹太人接受这样一种倾向，终将坠入"以暴易暴"的泥淖而不得脱身。"犹太人不再安坐于我们时代暴力的翅膀之上四处张望，他也不再是暴力最爱的受害者；现在，他成了一个参与者。"（Roth，1975：146）

从思想渊源来说，菲利普·罗斯在对待善恶之争以及是否应该通过以暴制暴来惩恶扬善这一点上与犹太教的传统思想是契合的。在犹太教看来，善恶是人类共有的双重属性，恰如肉体、灵魂之于人之身体。人在追求善行的同时总是为恶念所困扰，而恶的存在也未必都是坏事，它常常促使人们放弃虚幻、回归现实。那么对于恶应该如何应对呢？"惩罚犯罪之人并置之于死地，对人类来说只能是一种无益的失去；如果能把恶人争取过来，使他弃恶从善，那样不仅符合上帝的意愿，而且有益于社会。"（张倩红，1999：224）换言之，处罚犯罪之人对我们是没有什么益处的，不能使他们改邪归正，只能是一种损失与不幸。如此，以暴制暴就更是不可取的了。

在《反生活》中，菲利普·罗斯对于内森在以色列所遭遇的狂热的犹太复国主义分子之种种表现的刻画表明他对于这样一种暴力倾向的预言无疑具有高度的正确性。菲利普·罗斯担心的正是犹太人落入暴力的陷阱中不能自拔，因为在他看来暴力无异于另一种形式的大屠杀，而犹太人终将因为将问题的解决诉诸暴力而从"受害者"变成"害人者"。如此，犹太人的精神诉求或价值判断亦将被颠覆，犹太人与上帝的"盟约"也将荡然无存，犹太人因其悲惨历史而在道德判断上所拥有的"制高点"也将崩溃。在他看来："一个人拿着枪，拿着手榴弹，以上帝赋予他的权力为名而杀戮，那么当另一个人按其自己的说辞和所有而以上帝之名杀戮时，他是不能安然落座并对其进行道德判断的。"（Roth，1975：146）简言之，"犹太国家力图把这段悲剧的历史用来当做其政治合法性的依据，当做其过去和将来政策的安全通行证，并且，最重要的是，当做它可能要干的不道义行为提前支付的代价"是对大屠杀这一历史事件的滥用，"大屠杀的意义已经在多大程度上被简化为私有的不幸和一个民族的灾难，并且这种简化又是多么的危险"（齐格蒙·鲍曼，2002：3）。

第二节　反犹主义和种族主义的危害

公元前 2000 年，希伯来人从幼发拉底河地区迁徙到了位于地中海与阿拉伯沙漠之间的迦南。其后，犹太人始终处于与异族的抗争之中：出埃及时与残暴的法老斗争；士师时代与迦南人、腓力斯人交战；王国时期先后被亚述王国、新巴比伦王国所灭；受到波斯、希腊及罗马的奴役；等等。可以说，犹太人受尽了排挤、迫害和蹂躏。1879 年，德国学者威廉·马尔把希腊语中的 anti（反对）和 semite（闪米族人）两个词组合起来，构成了 anti-semite 一词，该词在英语中的名词形式为 anti-Semitism，即反犹主义[①]（张倩红，1999：7），意指"一切厌恶、憎恨、排斥、仇视犹太人的思

[①] 也有学者认为"反闪米特主义"和"反犹主义"在含义上应该是不同的。例如，福克斯就认为："'反闪米特主义'一词，就其通常的含义说，选择令人奇怪，不确切，不好，因为犹太人只构成闪米特种族的一部分，反闪米特的仇恨从未带着残酷的暴行发泄到其他闪米特人身上。这种暴行过去是，现在仍然是，习惯地被指向成为以色列的民族。此外，犹太人一贯受到闪米特人，诸如波斯人和摩洛哥人的迫害。他们由于与以色列人血统相同，感觉到并表现出强烈的自豪。因此实际上，犹太人是被各种族包括他自己种族的仇恨和追逐的唯一闪米特种族，原因很简单，就因为他是犹太人。"莱文杰认为："反闪米特主义是古代对犹太人偏见的现代形式……反对犹太主义当然古老得多，和所反对的民族一样的古老。"（吴泽霖，1992：104-106）

想和行为……认为犹太人从本质上、历史上、种族上、自然属性上就是一个能力低下、邪恶、不应与之交往、理应受到谴责或一系列迫害的民族"（徐新，2006：347）。反犹主义"代表的是对犹太人的仇恨。它所指的是犹太人作为一个外来的、敌对的和不受欢迎的群体的概念，以及从这个概念中衍生出来并支持这个概念的实践"（齐格蒙·鲍曼，2002：45）。在西方世界，"犹太人不是被看作有灵魂、有感情、有意愿、有情绪的单个个人。相反，他们被视作无固定形态，无差别的团体"（转引自西蒙·威森塔尔，1998：95）。

虽然"反犹主义"这一术语到19世纪后期才出现，反犹主义的存在却与犹太人的历史一样久远。早在公元前168年，为了在耶路撒冷强行禁止犹太教信仰、推进希腊化运动，塞留古王朝的安条克四世（Antiochus IV，公元前215—前164年）掀起了历史上第一场大规模的自上而下的反犹主义运动。他公开发布政令，宣布犹太教为非法宗教，禁止崇拜犹太人的上帝，禁止在犹太人村镇推行异教习俗，如"禁止行割礼，不得守安息日，处死收藏'托拉'的人；圣殿用来改拜奥林匹斯之神宙斯，其祭坛可用各种不洁之物供奉异族神祇。犹太人长期生活于各异教帝国中而形成的宗教宽容心理，终于遭到致命打击，冲击的锋芒直指摩西律法本身。犹太教突然陷入恐怖和沮丧之中。犹太人有史以来第一次仅仅因为履行其民族信仰而被置于死地"（加百尔，1991：64）。虽然之后在民族英雄马卡比的带领下，犹太人打败了安条克的军队，收复了耶路撒冷并建立了哈斯蒙尼王朝，但犹太人很快于公元前65年又落入罗马帝国的魔掌之中。特别是公元135年犹太人反抗罗马帝国的大起义失败、耶路撒冷被罗马军团无情地夷为平地，巴勒斯坦地区出现了"无处不立十字架，也无十字架不钉人"的悲惨状况，犹太人先流落于埃及、叙利亚、美索不达米亚和小亚细亚等地区，继而流落到欧洲、美洲等地区，开始了流落到世界各地的散居生活。

在近两千年的时间里，反犹主义一直伴随着基督教世界的异教徒——犹太人的生活，极大地影响着犹太人的思想和文化进程。"当基督教的神学观念逐渐演化为西方社会的文化传统之后，反犹主义就成为欧洲历史上一种根深蒂固的反对犹太人的社会现象。"（石竞琳，2010：70）中世纪的基督教会把犹太教列为异端邪说，采取各种手段迫害犹太人或迫使犹太人改宗。十字军甚至奉行"杀一个犹太人，使你的灵魂得以解脱"的口号。1516年，第一个"格托"即专门为犹太人划定的特定居住区在威尼斯共和国出现。随后，欧洲各国纷纷效法，犹太人随即被驱逐进一个个与世隔绝的居住区。及至20世纪中叶，反犹主义更是成为纳粹德国的一项国策，有计划、有步骤、有组织地对犹太人进行迫害，以期对犹太人问题实现"最终解决"，其结果是六百万犹太人灰飞烟灭，人类历史上最惨痛的一页已然写就，欧洲犹太社区被摧毁，犹太史上的欧洲中心时期结束，犹太文明的舞台转移到了美国和巴勒斯坦。"综观反犹主义的历史，人们不难看出反犹主义可以说是人类历史上有过的所有仇恨中持续时间最长、散布范围最广、后果结局最惨的一种以一个民族为其对象的仇恨。世界上恐怕再也难找到任何一种人群间的仇恨能在广度上、深度上、烈度上超越反犹主义。"（徐新，2006：346）

　　作为一个具有"后大屠杀意识"的犹太作家，菲利普·罗斯对于反犹主义这一问题自然也颇为关注并在作品中以自己的视角进行了揭露。在《反生活》的结尾部分，菲利普·罗斯特意安排了名为"基督世界"的章节，以一个典型的基督教背景（即英国社会）来表现反犹主义的存在和影响。在与英国作家玛丽·麦卡锡的信件交流中，菲利普·罗斯对这一安排解释说：

> 所有这些都无法证明所有的异教徒都是反犹太主义的。但它确实迫使祖克曼……去处理一个以前一无所知的现象，尽管在世界上（或者由于该事，在英国）这一现象已经并不陌生。我要让他惊恐，失去平衡，受到教育。我要让他面临失去心爱女人的威胁，就因为这个讨厌、丑陋的老问题似乎在他结婚的这个家庭核心处冒了出来。（菲利普·罗斯，2010：138）

　　在故事中，内森在以色列和苏基交流提及自己娶了英国女子玛丽亚并打算回英国定居之时，苏基就提醒过内森，反犹主义在英国无处不在、无时不在。他警告内森说："在英国，我自己感觉到了一种对犹太人的**厌恶**——在任何情形下，［他们］都并不乐意把我们看成是好人。"更有甚者，一位英国广播公司的采访人在采访时直接对苏基说："你们犹太人在奥斯维辛学到了不少东西。"当苏基询问他是什么意思时，他竟然回答说："你们学会了如何像纳粹一样对付阿拉伯人。"（Roth，1986：66）这个回答对于犹太人来说是骇人听闻的，因为它毫不避讳地将纳粹分子与犹太人等同起来，这种类比一方面无异于在犹太人的伤口（即纳粹分子所制造的惨绝人寰的大屠杀）上撒盐，另一方面则是对犹太人的人格和尊严的公然侮辱。至于人与人之间基本的尊重以及对人类正义的基本坚持在这个回答面前已然是荡然无存。苏基对此极端愤怒，但除了咬紧牙关、无言以对却没有任何办法做出积极、有效的回应，因为对他来说，"在欧洲大陆，反犹主义如此普遍、如此根深蒂固，那绝对就是拜占庭式的。但是在文明的英国，人的谈吐是如此文雅，行为是如此有教养，我完全没有提防到……要是有把枪，我会已经杀了他"（Roth，1986：66）。

我们知道，拜占庭时期即君士坦丁皇帝于公元 330 年迁都拜占庭后的东罗马帝国时期，基督教在罗马帝国合法化，"一个缓慢且持续的旨在将犹太人逐出公职，干涉其宗教事务，在经济和社会方面对他们加以歧视（如犹太人被禁止建立新的犹太会堂，犹太人指控基督徒的证词不为法庭接受）的过程开始出现"（徐新，2006：44）。经过两百年左右的时间，犹太民族拥有的统一因其"族长制"被废除而失去，犹太民族与其民族精神创造之间的联系因其"口传律法"被禁止而割裂，犹太人已有的特权遭到了剥夺，犹太拉比的审判权被废止，皈依犹太教的活动遭到禁止，犹太人事实上沦为了二等公民，其政治权利、公民权利最终被剥夺，犹太民族也遭遇了无尽的迫害和苦难。显然，苏基的意思是说他对于欧洲大陆的反犹主义偏见早已了解，从心理上来说是有准备的，但是对于在英国遭遇如此赤裸裸的反犹主义则出乎意料。他也借此提醒内森到英国要注意反犹主义的伤害。

到了英国，英国社会的反犹太情绪证实了苏基对内森的提醒确实是以实际情况为依据的，内森最终也认识到"即便是在希特勒被认为多少使那些仇恨犹太人的人不再那么骄傲之后，在英国，人们仍然对犹太人怀有深深的厌恶之情，这并不是什么让人吃惊的事情"（Roth，1986：306）。而他以往并不太在意的犹太身份给他带来了不安、焦虑和烦忧。玛丽亚的母亲和姐姐萨拉有意无意间已流露出对犹太人的不屑与鄙视，但是，玛丽亚对此有着自己的解释。听过玛丽亚关于萨拉和母亲那些疑似反犹太人的言谈举止的解释说明，内森对于玛丽亚和自己的婚姻可能遭遇玛丽亚家人不认同或反对的担心已经有所缓解，但餐馆中另一老妇人针对他触摸玛丽亚表示爱意的举动所发出的夸张感叹却使他意识到自己和玛丽亚的婚姻不仅在玛丽亚的家庭内部而且在整个非犹太人世界都将遭遇阻力、斥责和蔑视。餐馆中老妇人随后的举动证明了这一点：老妇人要求店员打开窗户透气，因为她受不了店中的怪味道。这一要求直接指向内森的犹太人身份，认为犹太人身上会发出与非犹太人不一样的味道而污染了店内的空气。这一场景简直就是法国哲学家萨特在"反犹太者的画像"中的描述之翻版：

> （犹太人）是根本坏的，是根本犹太的；他的长处，设若有，也因为是他的长处而变为短处，他的手所完成的工作必然带有他的污迹：如果他造桥，这桥就是坏的，因为它从头到尾每一寸都是犹太的。犹太人和基督徒所做的同样的事情，无论如何绝不相同。犹太人使得他触摸过的每件事物都成为可恶的东西。德国人做的第一件事就是禁止犹太人到游泳池：对

他们来讲，一个犹太人的身体投入水中就会把水根本弄脏。正确地说，犹太人因为他们的呼吸而染污了空气。（沙特[①]，1987：345）

内森对此心知肚明，怒不可遏，因为这不仅对他而且对犹太民族都是极大的侮辱。他的反应是直接的：他选择了直接面对老妇人并警告她停止无理取闹，否则就将对她不客气。这一行动的效果也是直接的：老妇人停止了无理取闹，归于沉静。回到座位的内森却发觉玛丽亚对此有不同的反应：她对他的作为并不接受，更谈不上开心，她认为内森的反应有些过于敏感或过度了，她坚持认为那老妇人的言行之所以如此不过是因为她是个疯婆子而已。当内森质问她母亲和萨拉对于他的看法到底如何、为什么她们会在自己的面前如此表现时，玛丽亚拒绝承认自己的家人有反犹主义的思想和行为，为庆祝玛丽亚生日的晚餐也就戛然而止，二人之间因为不同族群身份而产生的罅隙也就慢慢显现出来。

在随后的谈话中，玛丽亚承认餐馆中发生的一幕实际在她的生活中早已经发生过：玛丽亚曾经邀请一位犹太同事来家小住，她的母亲对其同事的反应与餐馆中老妇人对内森的反应一模一样，连所问的问题都一字不差，而问题所指向的居然也是有关犹太人身上的味道。在玛丽亚看来，餐馆中的老妇人也好，自己的母亲也罢，她们的反应是不好的，她为此感到耻辱，但她们不过是普通人，普通人都不是完美无缺的，都有这样那样的缺点或不足，这样一些小缺点、小不足并不会造成大的危害，所以内森也不应该为此大惊小怪、小题大做，最好的手段就是对其不管不闻不问。如此，内森所遭遇的所谓"反犹主义"问题也就不再成其为一个问题。玛丽亚认为内森不应该抓住这一问题不放手，更没有必要以此来逼迫自己对这些问题做出解释说明。玛丽亚认为"为身份而身份"并非明智的做法，因为"你的'身份'正是你决定停止思考的地方"（Roth，1986：301），其言外之意是说内森对于自己的犹太身份似乎过于看重、过于执着，所以才会在遭遇一些似乎微不足道的反犹太行为或言语时有如此过激的反应，而生活在一个多元化的社会（如伦敦），如此表现和行为是没有必要的。但在内森看来，玛丽亚不过是站在非犹太人（尤其是基督教徒）的立场上对此做出解释说明而已，虽然她的话语中也有听起来合理的成分，但她口中的"我们"却使他觉得沮丧，因为玛丽亚们所梦想的不过是"完美的、没有稀释的、没有污染的、没有味道的'我们'"（Roth，1986：301），言外之意是说非犹太人

---

① 法国哲学家 Jean Paul Sartre，通常译为让·保罗·萨特，但在《存在主义：从陀斯妥也夫斯基到沙特》一书的中文译本中，译者将其译为"沙特"，故本书引用该书内容时遵循译者的译名（沙特，1987：335-356）。

对犹太人的偏见和歧视恰恰就在于他们想要把犹太人排除在外以达成一种纯粹的所谓"身份",那么对于犹太人的偏见和歧视又何尝不是一种"为身份而身份"的表现。

萨特在给反犹太主义者画像时曾特别关注过反犹太者对于言词的运用,他评价说:

> 他们甚至喜欢玩弄言词,因为他们觉得用滑稽的推理可以羞辱对话者的认真;他们沉醉于他们理由的不佳,因为对他们而言这并不是一个用良好的论证来说服人的问题,而是一种恐吓和歪曲的问题。如果你穷追不舍,他们就把话头封闭,用一个很漂亮的字眼说辩证的时间已过。这不是因为他们怕被说服,他们唯一的惧怕乃是被看起来滑稽,或者给一个他们想要拉过去的第三者一个不良的印象。(沙特,1987:341-342)

玛丽亚在此处所作所为的本质就是如萨特所描画的反犹太者玩弄辞藻以回避内森对于问题实质的追问。这一点是内森所不能接受的。也正是因为这一原因,内森步步紧逼,要求玛丽亚解释她和家人生活中对于犹太人的态度和具体行为,但这种刨根问底激怒了玛丽亚,两人也最终弄得不欢而散,而犹太人与非犹太人之间的鸿沟也因反犹主义的偏见继续存在。

这种结果是可以预料的。众所周知,基督教思想在千百年来早就煽起了对犹太人的敌对情绪,其宗教根基就在于"谋害了基督的人应该偿命"。"在基督教文化的综合情境中,在西方世界对基督教思想的文化运用中……'犹太人'被等同于'恶',并被作为'恶'的意象、象征和载体而呈现在基督教世界的社会文化结构中。"(刘洪一,2006:116)在基督教占主导地位的国家中,许多人接受这一想法并由此生出对犹太人的根深蒂固的偏见和仇恨。关于犹太人亵渎了圣餐面包、犹太人在逾越节杀害了基督教的儿童充当祭品、犹太人诱奸了基督少女、犹太人在水中下毒导致了蔓延欧洲的黑死病等种种传说和谣言也由来已久,犹太人也就具有了妖魔化的特征:"在活人的眼中,犹太人是死人;在本地人眼中,犹太人是外来者和游民;在穷人和受剥削者的眼中,犹太人是百万富翁;在爱国者眼中,犹太人是没有国家的人。"(转引自齐格蒙·鲍曼,2002:54)犹太人甚至被看作是"所有被愤恨、被恐惧或者被蔑视的事物的化身"(转引自齐格蒙·鲍曼,2002:54)。"犹太人是可同化于罪恶精神的。他的意志……渴望着纯粹的、无故的以及普遍的恶,他的意志是罪恶意志。罪恶经由他而来到世界上:社会上一切坏事(危机,战争,饥饿,动乱与革命)都直接或间接可归罪于犹太人。"(沙特,1987:347)或者,如西蒙·威森塔尔(Simon

Wiesenthal）所言："假若犹太人把自己封闭起来，把自己与周围世界隔开，那他们是外来人。要是他们离开自己的世界，顺应外边的世界，那他们又是让人不舒服的移民，他们遭人憎恨，遭人排斥。"（Wiesenthal，1998：55）

　　显然，在基督教背景下成长的玛丽亚实际是具有反犹主义的因子的，虽然她认为自己并没有反犹主义的思想（因为她已和犹太人结婚）、自己的家人的所作所为也并非反犹太人的表现，但反犹主义实际已经内化，成为她们文化身份中藏而不露的一部分，其程度如此之深甚至她自己都没有意识到。恰如萨特所言："一个人可以做一个好父亲，好丈夫，热忱的公民，有教养而且有博爱心，同时又是一个反犹太者。他可能钓鱼，他可能喜欢爱情，他可能对宗教采宽容态度，对中非土著的生活状态持有慷慨的理想——同时他又是一个反犹太者。"（沙特，1987：336）质言之，"反犹主义以自己固执的观念为养料，不甘心承认现实……任何承认现实、与反犹主义抗争的力量都轻而易举地在其内部被消化掉了，都成了强化这个封闭体系的力量"（塞姆·德累斯顿，2012：78）。在充斥着反犹主义情绪的氛围中，内森的反应也是一种正常的回应，因为对于犹太人来说，"反犹主义并非一朝一夕、今天昨天才有的现象；其痛苦、悲惨和危险的一面在于，它不是前天、昨天、今天甚至不是后天才发生的事情。据此，哪怕难以察觉的反犹主义迹象也会使犹太人不安，也会使他们担心：新一波的迫害和灭绝将使他们大难临头"（塞姆·德累斯顿，2012：69）。

　　在1998年发表的作品《我嫁给了共产党人》中，菲利普·罗斯再次以婚姻关系中夫妻间因为子女、生活习惯、政治选择等原因而罅隙丛生这些表面现象对反犹主义进行了揭露。这一次，反犹主义的实施者本身却是犹太人，这深入地说明了反犹主义无处不在、无时不在的现实：书中主人公艾拉的妻子伊夫是个在好莱坞、百老汇和广播界都取得了成功的犹太人，但是她看不起犹太人，但"她并不是针对所有的犹太人……她看不起的是那些普通的犹太人"（菲利普·罗斯，2011d：48）。每当艾拉在公共场合说到"犹太"这个词，伊夫都努力地要他安静不说。更有甚者，伊夫眼中的丑陋的孩子"总是那种她一眼就能认出是犹太人的女人的孩子"（菲利普·罗斯，2011d：136）。艾拉的哥哥说得好，"这是一种病态"（菲利普·罗斯，2011d：48），她是"一个有着病态困窘的犹太人"（菲利普·罗斯，2011d：136）。而在艾拉看来，"作为一名犹太人没有高人一等——也不低人一等，或是有什么丢脸。你是犹太人，就是如此。实情如此"（菲利普·罗斯，2011d：136）。为了教育伊夫或者说是为了扭转伊夫的偏见，艾拉甚至买了戏剧家阿瑟·米勒的书《焦点》送给伊夫，以期能够对伊夫有所教益。在《焦点》中，本来并非犹太人的主人公纽曼先生因为佩

89

戴一副眼镜显出了"犹太式"突出的鼻子而遭遇了一系列的反犹主义偏见，"他走到哪里都被认作是犹太人，而他自己是鄙视犹太人的，鄙视他们的外表、气味、吝啬、贪财、不雅的举止，甚至鄙视'他们对女人的感官贪恋'……'他一生都怀着对犹太人的憎恨'，而现在这憎恨具体到了他住的昆斯区街道和纽约各处，就像一场充满恐惧的噩梦，无情地——最终，强暴地——把他摒弃，从他过去以顺从的守规矩赢得的邻居对他的容纳，排除到他们对他的无情仇恨中去"（菲利普·罗斯，2011d：137-138）。显然，纽曼与伊夫是适成对照的：自身具有反犹主义偏见的纽曼却因为苦涩而具讽刺意味的命运突变遭遇了反犹主义，其生活也就此发生了翻天覆地的变化；身为犹太人的伊夫却"陷入她自己扮演的角色里去了。反犹主义只是她扮演的一个角色而已，不留意间进入了她的表演……一开始几乎是无意的。更多的是没经过思考，而不是存着恶意。如此溶入了她做的其他事。发生在她身上的事不曾被她察觉"（菲利普·罗斯，2011d：140）。质言之，伊夫所具有的反犹主义是根深蒂固的，与上文所述《反生活》中的玛丽亚及其家人所表现出的反犹主义是同声共气的，其结果自然就是"她看到一张无可辩解的犹太脸庞时，她的思想就不是艾拉或阿瑟·米勒式的了"（菲利普·罗斯，2011d：139）。

伊夫就像《反生活》中的玛丽亚一样对自身的反犹主义没有清醒的认识并且坚决不承认自己已经落入了反犹主义的泥淖。类似的犹太人在第二次世界大战后的美国社会实际是不在少数的，他们没有经历过欧洲犹太人所经历的苦难，再加上原来生活中因为犹太人身份所受到的歧视，便自然地发展出一种对于犹太人身份的憎恨并以游离于犹太身份之外以便实现和主流社会的"同化"为目的，因为对于他们而言，"进入社会要求摒弃犹太人的共同身份"，而"对于同化的强调也导致了作为一种决定性群体特征的犹太自我憎恨（Jewish self-hatred）现象"（Berger，1985：7）。阿哈龙·阿佩菲尔德对此评述说：

> 非犹太人在犹太人想象中的地位问题是个复杂的问题，是一代代犹太人的恐惧滋生出来的……事实上，埋藏在现代犹太人的心中的是一种对异教徒的美慕。在犹太人的想象里，异教徒没有任何信仰或者社会责任，在自己的土地上过着自然的生活。大屠杀当然在某种程度上改变了犹太人想象的轨迹。怀疑代替了美慕，曾经暴露在外的情感潜至地下……犹太人永远都无法自信地用语言表达出他们可能确信无疑感到的深度敌意。无论好坏，他们过于理性。令人感到荒谬的是，他们只能对自己抱有敌意。（菲利

普·罗斯，2010：41-42）

托马斯·弗里德曼（Thomas Friedman）的小说《被毁坏的物品》（*Damaged Goods*）中主人公杰生在思考犹太人节日的意义时所发的感慨可算是对此提供了一个很好的注脚，他说："我们犹太人可以成为多么完美的美国人啊！总是那么乐观，总是那么向前看，一年三次脱光那长袍。要是我们能够忘怀，要是我们背上的包袱、心理的恐惧和手臂上的数字①不那么如影随形提醒我们有那样一个过去该有多好。"（Friedman，1984：178）杰生的感慨一方面解释了上文所述犹太人之自我憎恨，另一方面也揭示了大屠杀历史记忆在犹太人自身身份构建中的强大作用。针对此类在第二次世界大战后美国社会中普遍存在的犹太精神匮乏或摇摆的现象，阿伦·雷·伯格评价说："当代美国犹太社会是一个糟糕矛盾的结果……美国犹太人大致上并不代表宗教成果之精华。"（Berger，1985：12）艾利·威塞尔在论及美国犹太社会时也因为其在大屠杀期间缺乏足够的反应以及当代美国犹太社会的精神匮乏而批评倍至。谈到美国犹太社会的前景，威塞尔认为："美国犹太社会将要走下坡路，因为［其发展］所要求的道德贮备和精神、智力给养反正不在那里。"（转引自 Edelman，1978：12）由是观之，伊夫不过是当代美国犹太社会落入了反犹主义泥淖的那部分犹太人的典型代表而已，她摒弃自己的犹太人身份、对普通的犹太人表现出种种反犹主义行径也就是可以理解的了。

劳拉·热·霍布森（Laura Z. Hobson）的小说《君子协定》中男主人公格林为了写作关于反犹主义的系列文章而"假装"（passing）成犹太人并由此（和家人一起）遭受了种种反犹主义的不公和偏见，他对于像伊夫、玛丽亚及其家人之类的普通人所具有的反犹主义认识颇为深刻，他说：

> 我明白很多不是反犹分子的好人是反犹分子的帮凶和同谋。那些永远不会殴打犹太人或者对小孩叫嚣"犹太佬"的人。他们认为反犹主义远远地存在着，在那些低级笨蛋的黑暗古怪的地方存在着。这是我对这事的最大发现……他们鄙视反犹主义；反犹主义是一件"可怕的事情"。但是他们所有人……所有人都在滋长它，然后又奇怪它为什么会不断生长。（Hobson，1947：192）

---

① "手臂上的数字"是指犹太人在纳粹集中营中被烙在手臂上的编号，意指"大屠杀"记忆。

　　伊夫曾为自己辩解说："如果我恨犹太人，我怎么会是个犹太人呢？你怎么能憎恨你正是的东西呢？"（菲利普·罗斯，2011d：143）从表面上看，她的思维是合理的、合乎逻辑的，也是与其犹太人身份相契合的，但问题在她的表演中——她的表演就是她的生活、生命——她一贯以反犹主义分子的形象出现，她在其中倾注了自己所能赋予自己所扮演的角色的一切，她早已经变成了一个彻头彻尾的反犹主义分子。但是，她没有意识到，她的犹太人身份已经注定了她不可能逃避犹太历史和犹太大屠杀的记忆。当她想要以自己的出身来为自己辩解的时候，她已经落入了一个悖论之中——她已经变成了自己的出身所规定之身份的"他者"，由是她的辩解也就失去了根基而流于缥缈，"她终其一生逃避的耻辱出身不论是什么，结果都是这样的：她成了一个生命已从自己身上逃离出去的人"（菲利普·罗斯，2011d：227）。

　　科尔曼·西尔克——《人性的污秽》的主人公——就是这样一个生命已经从自己身上逃离出去的人。他是一个肤色极浅的非裔美国人，凭着自己的聪敏和毅力，俨然已经行走在了成功的康庄大道上。但黑人血统赋予他的种族身份让他遭遇了一系列的不公正和不如意。为此，他隐藏了自己的种族身份，背叛了家人，"假装"成犹太人的身份参军、求学、成家立业并最终栖身社会的上层，成为一名大学教授。他以犹太人这一族群身份取得了巨大的成功，"在被录用时，是雅典娜学院屈指可数的犹太人之一，也许还是美国最早被允许在古典文学系授课的犹太人之一……整个 80 年代，直到 90 年代，科尔曼都是第一位，而且是唯一一位在雅典娜担任院长的犹太人"（菲利普·罗斯，2003：5）。命运对他的垂青与眷顾似乎早已经将他的种种背叛抛到了九霄云外，其终极目的"他一心向往的那种规模宏大的生活"（菲利普·罗斯，2003：138）似乎也已触手可及。然而，功成身退重归教职的科尔曼却因为在古稀之年的一次课堂点名中使用"幽灵"一词来指称两名长期不到课堂的学生而引发了轩然大波，被指控犯了种族歧视的罪行。虽然科尔曼认为自己使用的是这个词"最通常、最基本的含义：'幽灵'或'鬼魂'"（菲利普·罗斯，2003：7），两位碰巧身为非裔美国人的学生以及因为科尔曼任院长时雷厉风行的改革而对他心有怨恨的各色人等却坚持将这一用词解读为指称黑人的贬义词。[①] 虽然科尔曼认定"种族歧视的指控不合逻辑，是荒谬的"（菲利普·罗斯，2003：7），这一指控却"不仅被新院长，而且被学院的黑人学生小组，以及来自匹茨费尔德的黑人积极分子小组所接受，并进行调查"（菲利普·罗斯，2003：13）。别有用心的人们忙不迭地利用一个莫须有的罪名不遗余力地对科尔曼进行攻击，

---

　　① "幽灵"一词原文为 spook，在美国俚语中却是个贬义词，用于指称黑人，可译为"黑鬼"。

他的生活也就此陷入了彻头彻尾的疯狂和无尽的精神折磨之中，其妻子也因此而突发疾病去世。

从表面上看，俗世的世俗造成了科尔曼的危局和困境。按科尔曼的理解，自己不过是遭到了各色人等的利用，即"事件——这一事件！——给他们提供了一个在雅典娜这类种族意识滞后地区必要的'组织效应'（菲利普·罗斯，2003：17）"。但究其深意，科尔曼的遭际可以说和伊夫的情形异曲同工。他摒弃了自己的族裔身份，从一个黑人"假装"为一个犹太人并通过自己的努力取得了成功，但随之而来的意外使他自己取得成功的"假装"身份反戈一击，令他陷落到了种族主义编织而成的旋涡之中。科尔曼的父亲在抨击他的"假装"选择时说："一个充满爱的世界，那是你原来拥有的，可是你却为了这个而抛弃了那个！你所作的悲剧性、鲁莽的行为！"（菲利普·罗斯，2003：186）他的生身母亲则直接断言："你像个奴隶似的思维。你是的，科尔曼·布鲁斯特。你白得像雪，但却像黑奴似的思维……我只能告诉你，无路可逃，你一切逃跑的企图只会将你带回你起步的地方。"（菲利普·罗斯，2003：142）一语成谶！科尔曼变身成了自身血缘所规定之身份的"他者"，其周遭的世界也就把他的无心之语解读为发自肺腑的肝胆之言，认定他是在以成功的犹太人之高高在上的意识来实施对黑人民族的轻慢、蔑视和攻击，他以"他者"身份构建起来的虚幻大厦也就注定了倾覆的结局。

事实上，自己隐藏的身份一直是一个萦绕在科尔曼心头的问题。虽然他以"假装"的身份取得了成功，虽然他的孩子们身上没有任何他秘密的标记使他在一定程度上从自己的秘密中解脱出来并欢欣鼓舞，但他还是没有敢于向自己的家人承认一切，而小儿子马基有关家族渊源的追问于他无异于肉中之刺，一直使他寝食难安。他时常回忆起年轻时以"假装"的犹太人身份参加了海军，却在一家白人妓院被识破身份并遭遇了毒打和羞辱。这一经历甚至在约四十年后于他也仍然记忆犹新。但也正是那一次惨痛经历使科尔曼认识到了身为黑人所可能遭受到的种族主义偏见的程度，也更坚定了他要把"假装"进行到底的决心，他给自己文上了"美国海军"这四个字的文身。表面上，这一文身是科尔曼社会身份的标记，但背后实际隐藏着他决心抛弃自己的族裔身份、实现美国梦想的企图和努力。但是，这一文身却以一种反讽的方式时时刻刻确定无疑地标记了他的历史、他的真实，征示了未来的不可预知和了无意义，正如他自己反思所说：

> 但当他回想他如何将它刺上去时，它不仅成为一个唤起他生命中最

糟糕夜晚狂乱情景的标记，而且成为一个唤起潜伏在狂乱背后之一切的标记——它是他全部的历史，他的英雄主义与羞耻不可分割性的缩影。镶嵌在那个文身里的正是他的一个真实、完整的自我形象。其中可见无法磨灭的身世，如同根深蒂固事物的原型，因为文身恰恰象征着永远无可变更的一切。其中也包含着巨大的业绩。包含着外部势力。不可预知未来的整个链接，一切暴露的危险，以及一切隐藏的危险——甚至生命的无意义性都隐含在那个小小的、傻乎乎的蓝色文身之中。　（菲利普·罗斯，2003：186-187）

有学者认为："在行动与过去的事件和目前的经历之间，'意识一致'（consistency of consciousness）及'连贯意识'（a sense of continuity）与个人身份意识是紧密相关的。"（King，2000：2）科尔曼的身份之不可确定，或者说由其无心之失而导致的个人悲剧正是他把自己和自己的民族完全割裂开来，缺少了这一"意识一致"和"连贯意识"，陷入了一种无根的状态之中而导致的。现代生活的诱惑和同化使他对过去（尤其是可能给他带来种种不利的黑人身份这一他想要抛弃的"过去"）产生了一种记忆的缺失。但是，在无意识中，科尔曼对于自己身份所蕴含的一切过去并不能弃之于不顾，他因此对自己的黑人身份可能产生的影响才有如此之多的担忧和顾虑。与此同时，想要坚持自己的民族身份对于他却是更难！对居于现代生活浪潮中的他来说，要建立起一种与自身黑人身份的联系不仅只是与他自身的主观愿望相背离；而且要达成与黑人身份的认同，对于置身于"美国文化/文明"之中被同化的他而言，难免有雾里看花、隔靴搔痒的尴尬，其真正的民族身份时时处处在拷问着他的心灵，使他寝食难安。科尔曼没有认识到"'身份'这个词意味着一种以他者为模型来认同和建立一个与他者不同的独特自我之间的辨证"（King，2000：31）。 换句话说，在一个具有强大同化作用的社会中，科尔曼试图把自己的身份建立在与他者认同的基础之上，想要取得和其他人（尤其是犹太人）一样的成功。但当他试图以他者为标准来建构自己的身份的同时，他其实已经迷失了自己，他已经失去了一直在追求的最基本的东西——身份。有学者认为，"身份认同主要是指某一文化主体在强势与弱势文化之间进行的集体身份选择，由此产生了强烈的思想震荡和巨大的精神磨难。其显著特征可以概括为一种焦虑与希冀、痛苦与欣悦并存的主体体验"（陶家俊，2006：465）。科尔曼的经历正是这一认识的有力例证，其"假装"行为所面临的身份悖论如果用他自己的话来解说就是："因为是黑人，给撵出了诺福克妓院，因为是白人，给撵出了雅典娜

学院。"（菲利普·罗斯，2003：16）

　　黑人和犹太人是美国两个主要的族群[①]，其关系源远流长，最早可以上溯到奴隶贸易时期。黑人—犹太人关系密切起来主要是在 1909 年美国全国有色人种促进会（National Association for the Advancement of Colored People，NAACP）成立之后，其同盟在 20 世纪 60 年代达到了巅峰但随即走上了下坡路，其群体关系表现出一种错综复杂的态势：一方面，犹太人因为两个族群都经受过压迫和苦难而认为自己和黑人有着很多的共同点，因此应该是天然的同盟、朋友甚而兄弟；另一方面，黑人却因为两个族群在美国的社会、政治、经济等方面地位的差异而对犹太人的这种看法不赞同并把犹太人放到了竞争者的位置。事实上，随着 20 世纪六七十年代犹太大屠杀这一历史事件在美国社会"普世化"进程的推进，犹太大屠杀也越来越多地在"类比"意义上被人们所运用：那些对美国早期政策进行批评的人士以及少数民族群体的代表人越来越多地将美国发展过程中各少数民族"受害者"与犹太大屠杀中的受害者犹太人进行类比。这种观点得到了比较广泛的认可，其中，黑人这一遭受了四百年奴隶制度压迫的民族的表现尤为激进，他们认为自己民族所受的苦难比犹太人有过之而无不及，只有黑人的经历才配得上"大屠杀"这一称号。但是，同一时期致力于将犹太大屠杀"神圣化"的犹太人对此却无法认同。正是这种相互间认识的差异导致了接踵而来的黑人—犹太人关系的种种困难局面。作为一个具有"后大屠杀意识"的作家，菲利普·罗斯敏锐地关注到了美国社会中黑人—犹太人这两大族群在对待大屠杀这一微妙事件上的分歧，巧妙地运用黑人"假装"为犹太人取得成功但因为无心之失而被诬陷犯有种族歧视罪行这一悖论性情节对反犹主义和种族歧视这两个问题进行了探讨，在一定程度上反映了他对后大屠杀时代美国社会内部在对待少数民族问题上的道德反思。

　　在美国这样一个民族的大熔炉，多元文化的氛围似乎是无所不包、无所不容的，但针对犹太人的反犹主义和针对黑人的种族歧视却是长期存在的问题。实际上，"对于美国各少数族裔而言，他们的生活经历和政治态度，长期以来一直由其种族生存模式所决定。表面上的差异其实有着深层的心理、经济和其他社会原因"（王晓路，

95

---

　　① 黑人是一个民族，而犹太人却不是，所以此处使用"族群"这一说法。在严格意义上，犹太人是一个多种族的群体构成的，其身份不是以民族而是以犹太性为统率的。艾伦·威利斯（Ellen Willis）就论证说："既然犹太性不是一个种族类别——与此相反，既然将犹太人定义为一个种族是对纯种族这一概念的忤逆——那么，要和犹太人取得完全的认同就需要拒绝以种族概念来定义我们自己，就需要摒弃用种族对人分门别类的方式，就需要反对所有确立种族等级制度的机构和行为。"（Willis，1994：188）

2006：864）。虽然犹太人和黑人间的"共生关系"（symbiotic relation）（Bracher, 1998：174）导致了其相互间割裂不了的联系，但他们之间不同的经济地位、社会地位必然会导致不同的心理状况及行为选择。科尔曼班上缺席学生对于"幽灵"一词所表现出来的过度反应恰是一个长期遭受了奴隶制度压迫的民族其经济地位、社会地位在现代美国社会并没有得到本质改变的情况下的正常反应，因为犹太人虽然也是一个遭受了深重苦难的族群，但其在现代美国社会的成功却将黑人抛到了身后并由此生出了"可能的"种族主义倾向。科尔曼在谈到自己因为犹太人身份而被控种族歧视时说："什么是黑人在这个星球上受苦受难的主要根源？……谁该负责？就是那群该对德国人的苦难负责的《旧约》恶鬼。"（菲利普·罗斯，2003：16）他的意思不外是说，在黑人的眼中，犹太人是造成其在美国社会地位低下、遭受苦难的竞争者，正如纳粹德国将犹太人定性为竞争者，认为犹太人终将给雅利安民族带来灾难并因此最终实施了针对犹太人的"最终解决"。科尔曼的终极意味可能是说犹太人在纳粹德国遭受了大屠杀的灾难，在美国也有遭遇类似灾难的可能，黑人对于犹太人的憎恨就极有可能带来糟糕的结果，自己（和妻子）的遭际不过是一个证明而已。另一位犹太作家伯纳德·马拉默德的小说《房客》中的主人公威利曾如此解释自己的反犹主义："不是我恨犹太人。但是如果我恨任何犹太人的话，不是因为我自己发明了它而是因为我生在美国，在美国好多东西进到你皮肤下面在那里流淌。还有就是来自对犹太人的了解，我了解犹太人。通向黑人自由的道路就是要反对他们。"（Malamud，1972：202-203）他的说法也可算是从另一个角度佐证了科尔曼的观点。

实际上，在美国社会中，对于犹太人和黑人的歧视都是根深蒂固的，诸如为排斥犹太人进入医学界而设计歧视定额、学术界对有色人种学生采取比对犹太人更严重的歧视等正是科尔曼从小即已知晓的事实，而与犹太人的紧密接触显然对科尔曼产生了深远的影响，即"那些日子里犹太人和他们的孩子在科尔曼的课外生活中比任何别的人所发挥的影响都要大"（菲利普·罗斯，2003：89），犹太人于他也就成了他父亲所认为的"为外人引路、展示社会可能性、向一个有文化的有色人家庭演示成功之道的精明人士"（菲利普·罗斯，2003：99）。这样一来，科尔曼选择"假装"以摒弃自己的族裔身份而成为犹太人也就成了一个必然的趋势。身为黑人所遭遇的种族歧视行为的结果使他"并不能像他在赛场上那样，很容易就将自己从情绪中超脱出来"（菲利普·罗斯，2003：104）。在华盛顿被别人称作"黑鬼"，在按照父亲的安排上了霍华德大学后深切体会并认识到自己是黑人民族"牢不可破的我们中的一分子"（菲利普·罗斯，2003：109）并没有能够使科尔曼与自己的民族产生认同，而是使他"不愿和这个身份或随之而来的下一个压迫性的我们沾亲带故……不。不。他看见命运等待着他，可他却并不拥有它。根据直觉抓住了它，却又自发地退缩了回来"（菲利普·罗斯，2003：109-110）。他要做的不过是"自由地勇往直前，从事大事业。自由地上演无拘无束、自我定位的有关代名词我们、他们和我的戏剧……他可以随心所欲地打肤色这张牌，任意选择人种"（菲利普·罗斯，2003：110-111）。

　　但是，作为一个迷失在"黑人""犹太人"身份纠结中而遭遇危机的人，科尔曼并没有意识到黑人与犹太人关系并非是一个单一向度的关系，任何置身其中的人都应该对此关系进行双向的思考，并在此基础上采取行动才有可能使自己栖身于黑人—犹太人关系的旋涡之中而进退裕如。正如雷迪克所言："［反犹主义和种族主义］应该被视为同一块盾牌相互对立的两面。黑人控诉犹太人的种族主义而拒绝承认黑人中的反犹主义不是一件好事。反之，犹太人要求黑人摒弃反犹主义而自己却对种族主义不闻不问也是不对的。任何一种值得支持的方式必须是一种双向的运动。"（Reddick，1992：83）

　　在西方文明的大背景下，黑人和犹太人这两个苦难深重的族群可以说是有很多共同之处的。但是在美国这个具体的环境中，二者却又有着太多的不同。在有着反犹主义历史渊源的欧洲，犹太人因其特殊的身份而被视为少数族群。但是在美国，黑人却因其皮肤颜色而有了比犹太人更为独特的身份，黑人事实上一直在充当犹太人的缓冲剂：只要社会的仇恨主要发泄在黑人身上，就不大可能发泄在犹太人身上。不仅如此，犹太人在美国还因为黑人的存在而以其白色皮肤跻身主流并因此拥有了许多黑人所没有的优势。其直接的结果是黑人—犹太人在社会地位、政治地位、经济地位上的巨大差异"使许多黑人对于任何犹太人辩说'我们同舟共济'都是持怀疑态度的。他们认为这不仅不现实，而且或许也是不诚实的"（Clark，1992：96）。实际上，黑人反犹主义在这一方面的表现更多的是一种心理层面的原因导致的。科勒尔·韦斯特在论述这一点时就认为："黑人的反犹主义是弱势群体怨恨和嫉妒的一种形式，直接针对美国社会中另一已经'取得成动'的弱势群体。"（West，1994：151）犹太人在移民美国后，很快因为其对教育、自我组织、隐忍、团结等犹太传统的强调而在美国社会站住脚跟并取得了成功。在取得一定成功、搬离贫民区之后，很多犹太人却因为在基督教白人社区遭遇的偏见、歧视、障碍而继续留在贫民区，经营针对黑人的生意以谋取更大的经济上的成功。犹太人认为他们在贫民区的经商活动帮助了黑人，使黑人的生活更加方便，因为种族主义偏见根深蒂固的白人是拒绝为黑人服务或与黑人有生意上的往来的。但是，这种认识显然并不能得到黑人的认同，诚如奥齐克所言，犹太人对黑人"缺乏同情显然是一种冒犯；但是同情则会更加冒犯"（Ozick，1983：95）。安德鲁·哈克尔也认为在黑人—犹太人的关系中，犹太人的"问题并非是缺乏同伴情感，而是一种不耻屈尊的口吻"（Hacker，1994：161）。这种"屈尊俯就"的情绪或思想显然是黑人所不能接受的。朱利斯·莱斯特尔就认为犹太人对黑人的这种态度实际上是"一种父权主义"，是"一种发善心的种族主义"（转引自 Hacker，1994：162），因此是不能被人接受的。麦克尔·勒尔纳在和科勒尔·韦斯特关于黑人—犹太人关系的对话中也认为，"回顾过去，很容易就看出很多犹太年轻人在与黑人打交道时对于黑人经历和黑人文化是有一定程度的罗曼蒂克化的"（Lerner & West，1992：142）。

　　黑人不接受犹太人的这种观点，他们因为更为糟糕的经济状况产生了对于犹太生意人的怨恨，很多犹太生意人也因此被黑人认为是"吸血鬼"。詹姆斯·鲍德温在其题为"黑人反犹太人是因为他们反白人"的文章中，开篇就叙述了哈莱姆地区黑人对于犹太房东和其他犹太生意人的憎恨，并以此为切入点进一步阐述了自己对于黑人反犹主义的见解（Baldwin，1994：31-41）。事实上，"不管表面上是什么关系，事实是在本质上，黑人与犹太人的遭遇不是工友或朋友或同盟，而是——简而言之——剥削者"（Glazer，1992：99）。李·金肯斯对此有更为深刻的论述，他认为："黑人在政治上、经济上权利的缺失，以及种族主义虐待的后果是黑人反犹主义表达的根本原因。这种反犹主义首先是一种反美国主义和反白人主义的表达。攻击犹太人使黑人拥有一种错觉，觉得自己拥有'内部人士的身份'，使他们觉得至少可以找个白人目标来聆听他们并有所反应。"（Jenkins，1998：196-197）科勒尔·韦斯特也认为"反犹主义首先是一种反白人主义。犹太人在美国种族主义中的共谋强化了黑人的认识，认为犹太人与其他因其白色皮肤而在种族主义美国获得特权的群体是一样的"（West，1994：150）。

　　黑人的反犹主义和犹太人针对黑人的种族主义对于两个族群来说都是残害心灵的毒药，对于两个族群的关系已经造成了极大的伤害。如何解决这一问题，摆脱其负面影响是黑人—犹太人关系可以进入良性循环的关键。马拉默德在访谈中谈到黑人—犹太人关系时，表达了一个犹太作家的深刻思考。他说："黑人—犹太人关系不可预测……很大程度上，它取决于美国民主的效度。如果美国民主像它应该地那样发挥功效——保证黑人作为人应该得到的东西，得到更多的国家财富，得到法律保障的平等权利，黑人人权、黑人和犹太人以及其他少数民族的关系一定会得到改善。"（Malamud & Field，1975：14）科勒尔·韦斯特在谈到 20 世纪 60 年代中期以后黑人—犹太人关系的艰难时局时也认为，"黑人—犹太人关系当下的僵局只有黑人、犹太人族群在自己族群内部和相互间都进行自我批评式交流时才可以得到解决，这种自我批评不仅仅是关于自己族群的利益，更为重要的是关于从种族意义上黑人或犹太人到底意味着什么的自我批评"（West，1994：148-149）。唯有通过两个族群的共同努力，摒弃互有的偏见和误解，黑人—犹太人才能摒弃反犹主义或是种族主义，犹太人与黑人之间的交流沟通才有可能取得积极的效果并最终达成两个族群人民的理解与融合。

第三节　不义战争的恶果

战争古往今来一直是人类发展历史上的一枚毒瘤，战争更是纳粹德国用以实现其法西斯统治的主要工具。事实上，战争推进了纳粹德国在其统治或占领的国家和地区对于犹太人的残害和屠杀，纳粹政权发动的战争被定义为"非正义"，成为纳粹"恶"的最高表征。与此同时，美国及其盟友针对纳粹战争所进行的反抗却以另一种面目为世人所接受：1945 年，当美国政府及其盟友通过艰苦卓绝的战争手段打败纳粹德国政权并揭露了纳粹政府在各个死亡集中营中对犹太人所犯下的滔天罪行之时，战争是以反纳粹的有效手段而为世界所接受的，它同时也确保了犹太大屠杀这一历史事件作为纳粹罪行的核心证据之地位。随着犹太大屠杀事件逐渐为世人所知晓，随着犹太大屠杀"普世化"进程的演进，美国在道德上的英雄的、善的形象也被树立起来。但是，从 20 世纪 60 年代中期到 70 年代末期，美国的这一正面形象却遭遇了急转直下式的颠覆。因为悍然发动了越南战争，美国的政治、军事和道德名望急剧下降，美国政府和军队的形象在成千上万的美国人和世人的眼中由"善"变为了"恶"。60 年代的其他重大历史事件，如美国国内的学生反战运动、黑人民权运动、反文化运动等更是加剧了这一转变过程，人们开始以变化的眼光来看待美国政府及其发动的战争，美国政府逐渐被贴上"德国式的美国"的标签，犹太大屠杀"普世化"进程中的"类比"功能再一次发挥作用，美国的战争行为被人们与纳粹所发动的战争行为相提并论，而美国军队在越南战场上所采用的凝固汽油弹被拿来与纳粹的毒气弹类比，而越南土地上到处燃烧的丛林则被类比成了给犹太人带来灭顶之灾的毒气室。虽然美国政府吸取了反纳粹战争时的教训，声称反对越南共产党的战争是"正义之战",西方民主国家很多知识分子和受过教育的公众却不认同,他们认为美国在越南战争中的所作所为实际就是在越南实施的种族灭绝,是纳粹行径在当代社会制造的悲剧。多萝茜·塞德曼·比力克就曾评价说:"60年代的反战运动使大屠杀意识得到了极大的促进和提升。"(Bilik,1981:13)对此,菲利普·罗斯心知肚明,并在多部作品中以自己的视角对战争这一问题进行了积极的思考,揭露了战争对于人性的戕害。前文所述菲利普·罗斯在《反生活》一书中对于以色列国极端"犹太复国主义"分子"以暴易暴"思想濒于法西斯主义思想,并非犹太人所可取即是明证。但是,菲利普·罗斯对于战争这一问题的思考并没有局限于以色列国或单纯的犹太个人,而是在后一时期的两部"朱克曼"小说《美国牧歌》和《人性的污秽》中从更加普世的层面上进行了描画和揭示。

《美国牧歌》是菲利普·罗斯"美国三部曲"的第一部(另外两部为《我嫁给了共产党人》和《人性的污秽》),发表于1997年,次年获得了普利策奖。从表面上看,该书讲述了从"大萧条"到20世纪末一个体面的犹太企业家美国梦破灭的遭遇。深入理解,我们发现它在很大程度上表现了菲利普·罗斯对于战争恶果的探究。犹太人塞莫尔·利沃夫,因其金发碧眼、并不具有犹太人的典型特征,而被大家称"瑞典佬"。他是纽瓦克人人仰慕的球星,循规蹈矩的他在毕业后拒绝了球探的挖掘,选择了上大学,大学毕业后继承了父亲的产业,娶了新泽西小姐为妻,成为一个成功的手套工厂老板。但是,利沃夫的命运实际从一开始就与战争紧密地联系在了一起,这一点在内森·朱克曼的叙述中得到了证明:

> 只是由于这瑞典佬,我们这个社区才进入了关注自我、关注世界的幻觉,一种各地球迷共有的幻觉……这些家庭竟然忘记身在何处……最根本的是——忘记了战争。

> 瑞典佬利沃夫受到抬举,在威夸依克犹太人家里像太阳神般被供奉,主要是因为人们对德日战争的恐惧。由于瑞典佬在运动场上的不屈表现,给那些再也见不到儿子、兄弟、丈夫而生活在苦难中的人们提供了一种怪异的、产生错觉的支撑力,他们进入一种瑞典式的天真状态,获得爽快的解脱。

> ……众人在这孩子身上看到的是希望的象征——是力量、决心和极力鼓起的勇气,这可使我们高中的参战军人……毫发无损地平安归来……

(菲利普·罗斯,2011b:1-3)

利沃夫对于身处战争所带来的种种恐惧和苦痛中的人们意味良多，代表着安慰、希望、解脱等角色，但这反过来恰恰又揭露了战争给人们所带来的伤害之深切。事实上，他因为打破球队纪录而名垂青史那一天正是"1943 年惨淡的一天"（菲利普·罗斯，2011b：3），当天盟军共有 65 架飞机被纳粹德国击毁，利沃夫的辉煌也就时时刻刻处于残酷战争的阴云笼罩之中。虽然他也曾加入过海军陆战队并在其中遭遇了根深蒂固的反犹主义偏见，其军旅生涯却顺利结束。安全回到家乡继承了父亲的产业，走上了"最简单、最平常但按美国标准却最了不起"（菲利普·罗斯，2011b：25）的生活道路。但不幸的是，利沃夫的美国梦却因为自己钟爱的女儿梅利的极端反战行为而毁于一旦：梅利为了阻止越南战争，选择了"用炸掉商店里的邮政办事处的方式把战争拉回家乡，发泄到林登·约翰逊身上"（菲利普·罗斯，2011b：56）。梅利的极端行为导致了一位无辜人士的死亡。与此同时，它也使她的父亲从此陷入了无尽的深渊，"那颗炸弹毁掉了他的生活。他完美的一生结束了"（菲利普·罗斯，2011b：57）。从表面看，梅利的行为是生理原因引发的性格孤僻、怪异、爱钻牛角尖而导致的后果，"因她口吃，她要报复大家，就引爆了那炸弹"（菲利普·罗斯，2011b：61）。但仔细考察梅利成长的时代背景，我们就会在其中找到她的极端行为的真正根源："那是在 1968 年的事，当时人们野性刚刚暴露出来。突然间人们不得不去弄清楚疯狂举动的缘由。到处都是公众活动，限制被取消，权威软弱无力，孩子们都疯了。大家都感到威胁，大人不知结果会怎样，他们手足无措……孩子们将国家弄了个底朝天，大人也开始疯狂。"（菲利普·罗斯，2011b：57）在这种背景下成长起来的梅利在精神上与自己的父辈已是大相径庭，"对她而言，做个美国人就是厌恶美国，而他对美国的热爱就如同他不愿放弃的事情……他热爱她所仇恨、因生活中所有不完美的事情加以责备，并想用暴力推翻的这个美国；他热爱她所仇恨、嘲笑，并想颠覆的这种'中产阶级价值观'；他热爱她所仇恨，并只想以她的所作所为进行谋害的这位母亲"（菲利普·罗斯，2011b：181）。在这种情况下，虽然利沃夫仍然保持着自己的理性，"用人们理智地对待孩子的现代思想将她养大，一切都容许，一切都谅解，而她却恨透了"（菲利普·罗斯，2011b：57），因为在她的眼中，美国和纳粹德国没有什么区别、总统林登·约翰逊和希特勒之间没有什么区别、美国在越南发动的战争是把越南变成了"一个大—大—大集中营"（菲利普·罗斯，2011b：246）。她最终以自己的极端反战行为将父亲的生活毁于一旦（当然也将家人的生活毁灭殆尽），自己也从此走上了无尽的流亡道路。

由是观之，利沃夫虽然生活在"那时处于繁荣的顶峰的国家"，生活在"人们最富有信心的年代"（菲利普·罗斯，2011b：73），但是其悲剧不可避免：他个人的悲剧不过是美国国家命运的一个缩影。个人也好，国家也罢，其看似处于顶峰的状况实际潜藏着无尽的危机，利沃夫的生活因为"这女儿将他拉出向往许久的美国田园，抛入充满敌意一方，抛入愤怒、暴力、反田园的绝望——抛入美国内在的狂暴"（菲利普·罗斯，2011b：72）而毁灭，美国也陷入越南战争的泥淖并因为这场非正义的战争而备受创伤。质言之，个人与国家的命运在"美国内在的狂暴"面前都不堪一击，战争不过是这种狂暴的代言或者帮凶而已。

2000 年，菲利普·罗斯发表了《人性的污秽》，完成了"美国三部曲"的创作。在该书中，菲利普·罗斯除了如前文所述对种族主义（含反犹主义）进行了探讨外，还通过对书中一个次要人物——越战退伍老兵莱斯·法利的刻画深入了他在《美国牧歌》一书中对于战争的恶果与创伤的探究。

莱斯·法利是一个曾两次加入越南战场的退伍老兵，是越南战争期间服兵役的千千万万人中的一分子，是真正在越南服役的 200 万人之一，是亲身经历过枪林弹雨的 160 万人之一。他不是在越南战争中死去的 5.9 万名美国士兵之一，这是他的幸运。但是，没有在战争中失去生命却也恰恰正是他的不幸。"第一次去时他是随和的莱斯，不知什么叫绝望……信任别人，完全不知道生活会有多下贱，不知道吃药打针是什么滋味，不感到自卑，一个什么都不在乎的莱斯，对社会从不构成威胁……他不属于那种人，那种人一旦到了无法无天的境地就急不可待地动手……他们只要有一个小小的机会就大发兽性。"（菲利普·罗斯，2003：65-66）身处战争激发出来的兽性之中，纯真的莱斯完全变了个人。当他回到家乡，他已经不再是人们认识的莱斯。虽然并不期望人们把自己当成英雄顶礼膜拜，但莱斯也没有预料到人们会以异样的眼光看待自己。他变成了一个人见人怕的人。莱斯不能接受这一切所以第二次到了越南战场。这一次的情形和第一次却完全大相径庭：与他一起作战的"有许多家伙也是重返战场的，他们回来并不是为了消磨时光，或多赚几块钱……和这些始终盼望上火线，兽性大发，明知恐怖却感到美妙无比的家伙待在一起，他也就变得疯狂起来"（菲利普·罗斯，2003：66）。但是，莱斯第一次从战场回家时遭遇的困局并没有因为第二次去到战场继续经历生死考验而得以解决，"当他回到家里，并不比第一次好，而是更糟……现在他真的失去了归属感"（菲利普·罗斯，2003：66）。他与社会的关系经过两次战争后已经完全异化了，他已经变成了一个和社会彻底格格不入的莱斯："他不想和别人相处，不想笑，也说不出话来，他感到自己不再是他们世界的一分子，他看见了并且亲手干下了周围人绝对想不到的事，他跟他们接不上气，他们也跟他接不上。"（菲利普·罗斯，2003：66-67）在这样一种状况下，要靠他自己安顿下来，重新融入普通的日常生活都极为困难。莱斯也曾经想要依靠政府，但政府以世俗的金钱的眼光来看待他，认为他只是找政府要钱的。对政府幻想破灭的莱斯下定决心自己应对，但是，"他平静不下来。烦躁。不安。酗酒。动不动就发火。老想那些东西"（菲利普·罗斯，2003：67）。虽然通过自己的坚持，莱斯的生活也有了一定的起色，成了家，有了孩子，还有了自己的农场，但战争创伤给莱斯造成的问题并没有得到解决，"问题是，他不能真正和家人沟通……他没有办法从那儿到这儿"（菲利普·罗斯，2003：67）。战争的梦魇甚至好几次差点使莱斯在睡梦中将妻子当作假想的敌人而杀死。最终，莱斯试图摆脱战争创伤带来的恶果、重新建设美好生活的努力遭遇了彻底的失败，他被送进了退伍军人康复所，妻离子散。

莱斯身上所体现出的这些特征与20世纪80年代美国精神分析学会对越南战争退伍老兵身上所体现的创伤后紧张应急综合症（Post-Traumatic Stress Disorder）所标记的特征是相吻合的，也是与目前学界普遍接受的凯西·克鲁丝对创伤的定义是相适的，即创伤是"一种无法抗拒的经历，在其中，对于突如其来的或者灾难性的事件的反应通常延时地、无法控制地以幻觉或者其他侵扰性的现象反复出现"（Caruth，1996：11）。

正是因为创伤的这种典型特征，莱斯不断因为生活中的不如意而在幻想中重返越南战场，战争的惨烈场景和死亡的如影随形也就一次次地出现，胁迫着莱斯，使他陷入癫狂的境地，于他，"死亡没有暂停。死亡没有休假。从死亡中不可能逃跑。死亡没有中止……剧烈的恐惧，剧烈的愤怒……一切都那么剧烈，每个人都离家那么遥远，愤怒愤怒愤怒愤怒怒火万丈！"（菲利普·罗斯，2003：73）除此之外，莱斯还为自己和妻子离异后两个孩子在火灾中逝去的事情满怀歉疚，并把这一切的发生都归结于自己参与了越南战争，认为一切都是越南战争所造成的。对莱斯来说，简简单单地过正常的日子已经不再可能，恰如书中所言："对法利而言别无选择，没有办法阻止过去的一切卷土重来、重新复苏、呼唤他投入战斗、召唤他强烈的反应——一切并没有成为过去，而是就呈现在他的眼前。又一次，它成为他的生活。"（菲利普·罗斯，2003：75）莱斯最终设计制造了一场车祸，导致了离异的妻子及其情人科尔曼的死亡，又一次像他在越南战场上那样成为一个杀人犯，再次犯下了不可宽恕的罪行。

在故事的讲述中，菲利普·罗斯通过内森之口评述莱斯的遭际而直接表达了对于美国政府发动的越南战争并由此带来极大伤害的抨击和贬斥：

103

他四肢健全地回来了，带着他的阳具回来了——你知道这要什么代价吗？……他们抓的是他！他们给他灌药。然后又把他关进精神病院……而他所做的一切都是他们训练他做的，你看见敌人，你杀死敌人。他们训练你一年，然后他们花一年时间企图杀死你，可是正当你做着他们训练你做的事情时，他们给你套上橡皮镣铐，让你吞一肚子的狗屎……感谢美国政府，他是个训练有素的杀手。他尽自己的职责。按照指令办事。他们就这样对待他？……他们巴不得他永远回不来。他是他们最坏的噩梦。他不应当回来……这就是他得到的报答：氯丙嗪……就因为他以为他又回到了越南。（菲利普·罗斯，2003：69-70）

在故事的终了，内森·朱克曼在一座田园牧歌似的山峦顶部的湖泊处邂逅了孤独垂钓的莱斯。虽然内森一开始也有打算要告发莱斯，但看到莱斯置身于纯洁宁静的天地，和着他所宣扬的"远离人群，接近上帝"（菲利普·罗斯，2003：372）座右铭的律动而表现出一种内心的宁静，内森终于理解了莱斯其实也不过是战争的受害者这一事实并做出了宽宥其罪行的选择。菲利普·罗斯也由此从另一个角度通过书中人物的命运揭示了战争所带来的令人痛惜和恐怖的后果，表达了自己从人性的角度出发不偏不倚地去审视越南战争进而去深入理解战争以及那些犯下错误之人的意愿，以期帮助美国人更加勇敢地去面对自己国家所犯下的错误，去创造一个更加美好的明天。

小　结

综上而论，自《反生活》起，菲利普·罗斯已将自己的笔触从单纯刻画犹太人自身生活的失意、困惑、问题、彷徨、伤痛等解放出来，转向更为广阔的天地和更广泛的人群，在《反生活》《美国牧歌》《我嫁给了共产党人》《人性的污秽》四部小说中深入探讨了当代美国犹太族群所面临的问题和挑战，从更为普世的层面表现了自己对于当代美国生活中一系列重大问题的思考，给犹太人以警示，帮助他们时刻铭记那些虽然已经逝去但永远不应该也不能忘怀的惨痛过去，促使犹太族群在汇入当代美国生活的浪潮时始终保持其优良传统，为犹太民族文化的发扬光大和美国文明的发展做出更大的贡献。

结　　语

随着社会的发展、时代的演进，人们越来越认识到大屠杀是一个影响深远且应该高度反思的问题。大屠杀研究的权威学者耶胡达·鲍尔（Yehuda Bauer）就曾评价说："纳粹屠犹已经成为一个世界性的问题，它对当今文明产生了持久的冲击力，而且至少是间接地塑造着民族的命运。它影响着人类彼此之间的理解、世界性的和平以及对种族灭绝事件的全面排斥。我们所有人都要重新思考当时所发生的一切。"（转引自张倩红，2007：106）英国社会学家齐格蒙·鲍曼（2002：2）在其经典论著《现代性与大屠杀》中也表达了相似的观点，他说："大屠杀是一扇窗户……透过这扇窗户，你可以难得地看到许多通过别的途径无法看到的东西。透过这扇窗看到的一切，不仅对罪行中的犯罪者、受害者和证人，而且对所有今天活着和明天仍然要活下去的人都具有极端的重要性……倘若拒绝看出窗外，就将是非常危险的。"又或者，诚如汉斯·约纳斯（2002：9）所言："现代精神的勇气或者绝望就是，在任何情况下认真对待其诚实的痛苦，严肃面对我们在世存在这一事实。"

菲利普·罗斯就是这样一个自觉将自己纳入这一反思潮流的思想者，自1959年发表第一部作品以来的五十余年间，他笔耕不辍，佳作频出，为千千万万的读者打开了一扇扇的窗户，使他们能够更好地、更严肃地去面对生活，去实现在这个世界上更为诗意的栖居。菲利普·罗斯的创作主题多样而备受争议，其艺术手法勇于创新，其创作不仅从美国当代丰富的现实中攫取养分，更是植根于犹太族群的丰厚土壤，以自己特有的方式，书写了美国犹太人现实生活与精神生活的画卷，关注了犹太人在美国现实生活中所面临的困惑、彷徨、徘徊、挑战和艰辛，其对于犹太人形象的书写具有不可低估的意义。桑福德·平斯克就认为菲利普·罗斯的第一部短篇小说集《再见，哥伦布》"不仅仅只是为其26岁的作者获得了一个国家图书奖，而更重要的是它改变了人们书写美国犹太人生活的最最基本的规则"（Pinsker，1975：4）。王守仁（2002：260）也指出："马拉默德曾提出'人人都是犹太人'的观点，而菲利普·罗斯则反其道而行之，他笔下的犹太人都是普通人，他的作品也常常因为大胆描写那些打破保守的犹太传统的人物而引起争议。"马克·谢克纳则认为菲利普·罗斯的创作所关注的最主要冲突就是"协调个人要求即美国主题与群体要求即犹太主题之竞争的斗争"（转引自 Walden，2005：viii）。

　　菲利普·罗斯以内森·朱克曼为其代言人的"朱克曼系列小说"之中心就在于表现这样一种冲突。在《鬼作家》和《退场的鬼魂》中，菲利普·罗斯以犹太作家内森·朱克曼年轻时、年老时的经历叙写为途径，涉及了与犹太形象书写、大屠杀创伤记忆、犹太性的坚持等问题相关的话题的探讨，揭示了自己对"作家何为？犹太何为？"等问题的思考，表达了自己对于"后大屠杀"时代美国犹太民族精神状况的认识，同时也表现了菲利普·罗斯对犹太形象书写普世化这一问题的思考。从菲利普·罗斯对自己有关犹太人形象书写行为的种种辩驳，可以看出其作品中的"后大屠杀意识"的表现不是一种自发行为，而是一种自觉意识，其所思所为不过是"后大屠杀意识"普世化的具体表现。对于菲利普·罗斯来说，不以"模式化"的方式去创作有关犹太人生活的作品，反映犹太人生活中本真的喜怒哀乐、酸甜苦辣才是真正维系犹太性的表现。《鬼作家》中内森对于安妮·弗兰克命运的改写实际上是菲利普·罗斯假借内森·朱克曼之口在表达自己对于犹太人和犹太人命运的认识、理解，揭示了第二次世界大战后美国社会在犹太大屠杀这一问题上"普世化"与"神圣化"的争议和交锋，宣示了他对大屠杀的认识和体认。《退场的鬼魂》则表现了在现代生活的大潮中，犹太性对于菲利普·罗斯已经不再是一种负担，而是一种坚持和维系，其心中的鬼魂——犹太民族不堪回首的过去也随着他笔下的作家内森·朱克曼回到归隐状态并离场而去，内森·朱克曼的归隐标志着他精神上对自我的超越，对犹太民族过去的超越，他也由此完成了对后大屠杀时代"作家何为""犹太何为"等问题的回答。

　　在《鬼作家》之后的作品中，内森·朱克曼从《解放了的朱克曼》中似是而非的所谓"解放"到《解剖课》中身陷病痛中的反思和自我剖析，深切刻画了自己与代表着犹太传统和悲痛历史记忆的父辈之间的复杂情感，从而表现了犹太族群父辈与年轻一代的关系在后大屠杀时代的美国如何达成一种最终的认同；及至《布拉格狂欢》，内森·朱克曼的思考已然超越个人、族群，进一步深入了对于政治的思考，对于更具有普世意义的有关人性进步的问题的思考。由此，菲利普·罗斯针对犹太族群对自己的误读而强加在自己身上的责难和敌意所进行的关乎犹太人的一系列问题之思考也得以更深刻地表达，其作品中所呈现的认识、见解和回应也揭示了菲利普·罗斯自己与犹太族群的认同。

　　从 1986 年发表《反生活》开始，菲利普·罗斯的关注重心从反映第二代美国犹太移民对犹太传统的回避和反叛转向探讨第三代移民对犹太性的寻找和回归，并以此为基础对当代犹太人最敏感、最关注的问题，如异族通婚、同化与反同化、狂热的犹太复国主义迷梦、大屠杀历史事件的利用等问题进行了探究。不仅如此，他还在"美国三部曲"中继续以内森·朱克曼为叙述者、评判者对《反生活》中言犹未尽的话题，如反犹主义、种族主义、战争的罪恶等进行了探讨，从更为普世的层面对当代美国社会的一系列重大问题进行了思考，反映了后大屠杀时代美国社会"后大屠杀话语"的构建状况，并以此警示犹太人，提醒犹太人在汇入当代美国生活的浪潮时要保持其优良传统，时刻铭记那永远不应该忘怀的惨痛过去，为犹太民族文化的发扬光大和美国文明的发展做出更大的贡献。

总之，菲利普·罗斯在多部作品中以大屠杀事件为其隐性背景，反思犹太人在当代美国社会中身份建构的路径，进而思考当代美国人对犹太人作为一个群体之发展走向的追寻，由此探求当代美国犹太人在强大的社会同化力量中如何维系犹太性并进一步促进美国社会道德提升这一严肃命题。菲利普·罗斯的创作具有较为深切的"后大屠杀意识"，其作品突破了纪实性的文学叙事的模式，将大屠杀演变为一个具有丰富的政治、文化内涵和民族记忆的隐喻性类比，跨越了以苦难叙述为主题的传统犹太形象书写，跨越了单一历史事件的束缚，深化和拓展了历史事件的内涵和外延。其创作不仅表现出对于犹太性的维系，更表现出对后大屠杀时代美国社会的后大屠杀话语构建趋向的反思，探讨了如何将大屠杀这个犹太民族历史上的创伤事件普世化以促成第二次世界大战后美国社会的道德进步问题，这也证明了菲利普·罗斯确实如他自己所言是一个立足美国现实进行创作的美国作家而非囿于其族裔身份的美国犹太作家。

参 考 文 献

阿尔文·H. 罗森菲尔德. 2007. 安妮·弗兰克及纳粹屠犹记忆之前景//陈恒, 耿相新. 梁民政译. 纳
　　粹屠犹: 历史与记忆. 郑州: 大象出版社: 89-104.

艾利·威塞尔. 2006. 向权力说真话//徐新, 宋立宏编译. 犹太人告白世界——塑造犹太民族性格的
　　22 篇演讲辞. 北京: 中央编译出版社: 161-165.

艾伦·金斯伯格. 2005a. 在《燃烧的灌木丛》编辑部的声明//比尔·摩根. 文楚安等译. 金斯伯格文
　　选——深思熟虑的散文. 成都: 四川文艺出版社: 66-67.

艾伦·金斯伯格. 2005b. 在以色列问题上的思考与再思考//比尔·摩根. 文楚安等译. 金斯伯格文选
　　——深思熟虑的散文. 成都: 四川文艺出版社: 69-71.

安妮·弗兰克. 2006. 安妮日记. 何纵译. 哈尔滨: 北方文艺出版社.

安妮·海德怀特. 2011. 创伤小说. 李敏译. 开封: 河南大学出版社.

波尼·V. 费特曼. 1998. 前言//西蒙·威森塔尔. 陈德中译. 宽恕?! ——当今世界 44 位名人的回答.
　　天津: 天津人民出版社: 1-4.

查姆·伯特曼. 1995. 犹太人. 冯玮译. 上海: 上海三联书店.

戴锦华. 2007. 序: 幽灵之镜//王炎. 奥斯维辛之后: 犹太大屠杀记忆的影像生产. 北京: 生活·读
　　书·新知三联书店: 9-12.

菲利普·罗斯. 2003. 人性的污秽. 刘珠还译. 南京: 译林出版社.

菲利普·罗斯. 2009. 再见, 哥伦布. 俞理明, 张迪译. 北京: 人民文学出版社.

菲利普·罗斯. 2010. 行话: 与名作家论文艺. 蒋道超译. 南京: 译林出版社.

菲利普·罗斯. 2011a. 鬼作家. 董乐山译. 上海: 上海译文出版社.

菲利普·罗斯. 2011b. 美国牧歌. 罗小云译. 南京: 译林出版社.

菲利普·罗斯. 2011c. 退场的鬼魂. 姜向明译. 上海: 上海译文出版社.

菲利普·罗斯. 2011d. 我嫁给了共产党人. 魏立红译. 南京: 译林出版社.

傅景川. 1995. 二十世纪美国小说史. 长春: 吉林教育出版社.

高婷. 2011. 超越犹太性——新现实主义视域下的菲利普·罗斯近期小说研究. 北京: 光明日报出版社.

哈伊姆·赫尔佐克. 1995. 勇敢的犹太人. 范雨臣, 范世蕾译. 北京: 中国社会科学出版社.

汉斯·约纳斯. 2002. 奥斯威辛之后的上帝观念——一个犹太人的声音. 张荣译. 北京: 华夏出版社.

胡蕾. 2015. 公共领域视野里的社会批评: 菲利普·罗斯小说研究. 北京: 科学出版社.

黄铁池. 2007. 追寻 "希望之乡" ——菲利普·罗斯后现代实验小说《反生活》解读. 外国文学研究, (6): 97-103.

黄铁池. 2009. 不断翻转的万花筒: 菲利普·罗斯创作手法流变初探. 上海师范大学学报(哲学社会科学版),(1): 56-63.

加百尔. 1991. 圣经中的犹太行迹. 梁工, 莫卫生, 梁鸿鹰译. 上海: 上海三联书店.

杰弗里·亚历山大. 2011. 社会生活的意义: 一种文化社会学的视角. 周怡等译. 北京: 北京大学出版社.

君特·格拉斯. 2006. 诺贝尔文学奖获奖演说//程三贤. 给诺贝尔一个理由: 诺贝尔文学奖获奖演说精选(第一辑). 北京: 中国广播电视出版社.

库切. 2010. 内心活动: 文学评论集. 黄灿然译. 杭州: 浙江文艺出版社: 234-250.

劳伦斯·迈耶. 1987. 今日以色列. 钱乃复等译. 北京: 新华出版社.

李工真. 2010. 文化的流亡: 纳粹时代欧洲知识难民研究. 北京: 人民出版社.

刘洪一. 2002. 走向文化诗学: 美国犹太小说研究. 北京: 北京大学出版社.

刘洪一. 2006. 犹太文化要义. 北京: 商务印书馆.

刘文松. 2005. 《鬼作家》对《安妮日记》的后现代改写与困惑. 当代外国文学,(4): 56-60.

马丁·布伯. 2002. 论犹太教. 刘杰译. 济南: 山东大学出版社.

梅莉莎·缪勒. 1999. 安妮·弗兰克. 石平萍译. 海口: 海南出版社.

摩西·齐默尔曼. 2007. 以色列人日常生活中的迫害神话//哈拉尔德·韦尔策. 季斌, 王立君, 白锡堃译. 社会回忆: 历史、回忆、传承. 北京: 北京大学出版社: 229-251.

莫里斯·迪克斯坦. 2005. 小说与社会: 1940—1970//萨克文·伯科维奇主编. 孙宏译. 剑桥美国文学史. 北京: 中央编译出版社: 105-327.

欧文·豪. 1995. 父辈的世界. 王海良, 赵立行译. 上海: 上海三联书店.

潘光. 2009. 纳粹大屠杀的政治和文化影响. 北京: 时事出版社.

潘光. 2010. 犹太人在美国: 一个成功族群的发展和影响. 北京: 时事出版社.

齐格蒙·鲍曼. 2002. 现代性与大屠杀. 杨渝东, 史建华译. 南京: 译林出版社.

乔国强. 2008. 美国犹太文学. 北京: 商务印书馆.

乔国强. 2012. 索尔·贝娄、托洛茨基与犹太性. 外国文学评论, (4): 21-35.

乔纳森·萨纳. 2010. 美国犹太历史: 回顾与展望//潘光, 汪舒明, 盛文沁. 王艳, 宋立宏译. 犹太人在美国: 一个成功族群的发展和影响. 北京: 时事出版社: 3-14.

塞姆·德累斯顿. 2012. 迫害、灭绝与文学. 何道宽译. 广州: 花城出版社.

沙特. 1987. 反犹太者的画像//W. 考夫曼.存在主义: 从陀斯妥也夫斯基到沙特. 陈鼓应, 孟祥森, 刘崎译. 北京: 商务印书馆: 335-356.

石竞琳. 2010. 美国历史上反犹主义的宗教文化根源//潘光, 汪舒明, 盛文泌. 犹太人在美国: 一个成功族群的发展和影响. 北京: 时事出版社: 70-81.

宋立宏. 2007. 卷首语//陈恒, 耿相新. 纳粹屠犹: 历史与记忆. 郑州: 大象出版社.

陶家俊. 2006. 身份认同//赵一凡, 张中载, 李德恩. 西方文论关键词. 北京: 外语教学与研究出版社: 465-474.

万志祥. 1993. 从《再见吧, 哥伦布》到《欺骗》: 论罗斯创作的阶段性特征. 外国文学研究, (1): 39-43.

王宁. 2011. 序一//高婷. 超越犹太性——新现实主义视域下的菲利普·罗斯近期小说研究. 北京: 光明日报出版社: 1-2.

王守仁. 2002. 新编美国文学史(第四卷). 上海: 上海外语教育出版社.

王晓路. 2006. 种族/族性//赵一凡, 张中载, 李德恩. 西方文论关键词. 北京: 外语教学与研究出版社: 860-866.

王炎. 2007. 奥斯维辛之后: 犹太大屠杀记忆的影像生产. 北京: 生活·读书·新知三联书店.

吴泽霖. 1992. 美国人对黑人、犹太人和东方人的态度. 北京: 中央民族学院出版社.

西蒙·威森塔尔. 1998. 宽恕？！——当今世界 44 位名人的回答. 陈德中译. 天津: 天津人民出版社.

徐新. 2006. 犹太文化史. 北京: 北京大学出版社.

耶尔恩·吕森. 2007. 纳粹大屠杀、回忆、认同——代际回忆实践的三种形式//哈拉尔德·韦尔策. 季斌, 王立君, 白锡堃译. 社会回忆: 历史、回忆、传承. 北京: 北京大学出版社: 179-194.

张倩红. 1999. 犹太人·犹太精神. 北京: 中国文联出版社.

张倩红. 2007. 纳粹屠犹之后犹太人社会心理的变化//陈恒, 耿相新. 纳粹屠犹: 历史与记忆. 郑州: 大象出版社: 105-123.

张倩红. 2015. 犹太史研究新维度. 北京: 人民出版社.

Aarons, V. 1996. *A Measure of Memory: Storytelling and Identity in American Jewish Fiction*. Georgia: University of Georgia Press.

Adorno, T. W. 1981. *Prisms*. Trans. by Samuel Weber and Shierry Weber. Cambridge: The Massachusetts Institute of Technology Press.

Alexander, E. 1998. *Irving How: Socialist, Critic, Jew*. Bloomington: Indiana University Press.

Angoff, C. 1963. Caricatures of Jewish life. *Congress Bi-Weekly*, (4): 13.

Appelfeld, A. 1988. The artist as a Jewish writer. In A. Z. Milbauer & D. G. Watson (Eds.), *Reading Philip Roth* (pp. 13-16). London: Macmillan Press Ltd.

Arendt, H. 2006. *Eichmann in Jerusalem: A Report on the Banality of Evil.* London: Penguin Books.

Baldwin, J. 1994. Negroes are anti-Semitic because they're anti-white. In P. Berman (Ed.), *Blacks and Jews: Alliances and Arguments* (pp. 31-41). New York: Delacorte Press.

Baumgarten, M. & Gottfried, B. 1990. *Understanding Philip Roth.* Columbia: University of South Carolina Press.

Berger, A. L. 1985. *Crisis and Covenant: The Holocaust in America Jewish Fiction.* Albany: State University of New York Press.

Berger, A. L. 1997. *Children of Job: American Second-Generation Witnesses to the Holocaust.* Albany: State University of New York Press.

Bilik, D. S. 1981. *Immigrant-Survivors: Post-Holocaust Consciousness in Recent Jewish American Fiction.* Middletown: Wesleyan University Press.

Bloom, H. (Ed.) 1986. *Philip Roth.* New York: Chelsea House Publishers.

Bracher, M. 1998. The conflict between blacks and Jews: A Lacanian analysis. In A. Helmreich & P. Marcus (Eds.), *Blacks and Jews on the Couch: Psychoanalytic Reflections on Black-Jewish Conflict* (pp. 165-187). Westport: Praeger.

Bradbury, M. 1983. *The Modern American Novel.* London: Oxford University Press.

Caruth, C. (Ed.). 1995. *Trauma: Explorations in Memory.* Baltimore: Johns Hopkins University Press.

Caruth, C. 1996. *Unclaimed Experience: Trauma, Narrative and History.* Baltimore: Johns Hopkins University Press.

Clark, K. B. 1992. Candor about Negro-Jewish relations. In J. Salzman, A. Back & G. S. Sorin (Eds.), *Bridges and Boundaries: African Americans and American Jews* (pp. 91-98). New York: George Braziller & The Jewish Museum.

Cohen, J. & Cohen, R. I. (Eds.). 2008. *The Jewish Contribution to Civilization: Reassessing an Idea.* Oxford: The Littman Library of Jewish Civilization.

Edelman, L. 1978. A conversation with Elie Wiesel. In H. J. Cargas (Ed.), *Responses to Elie Wiesel* (pp. 12). New York: Persea Books.

Ezrahi, S. D. 1980. *By Words Alone: The Holocaust in Literature.* Chicago: The University of Chicago Press.

Fackenheim, E. 1970. *God's Presence in History: Jewish Affirmations and Philosophical Reflections.* New York: New York University Press.

Finkelstein, L. (Ed.) 1949. *The Jews: Their History, Culture and Religion.* New York: Harper & Brothers Publishers.

111

Finney, B. 1993. Roth's counterlife: Destabilizing the fact. *Biography,* (16): 24.

Franzbaum, H. (Ed.) 1999. *The Americanization of the Holocaust.* Baltimore: Johns Hopkins University Press.

Friedman, T. 1984. *Damaged Goods.* Sag Harbor: Permanent Press.

Glazer, N. 1992. Negroes and Jews: The new challenge to pluralism. In J. Salzman, A. Back & G. S. Sorin (Eds.), *Bridges and Boundaries: African Americans and American Jews* (pp. 99-107). New York: George Braziller & The Jewish Museum.

Gooblar, D. 2011. *Major Phrases of Philip Roth.* New York: Continuum International Publishing Group.

Green, M. 1980. Introduction. In P. Roth(Ed.), *A Philip Roth Reader* (pp. ix-xxiii). New York: Farrar, Straus and Girous, Inc.

Hacker, A. 1994. Jewish racism, black anti-Semitism. In P. Berman (Ed.), *Blacks and Jews: Alliances and Arguments* (pp. 154-163). New York: Delacorte Press.

Halio, J. L. 1992. *Philip Roth Revisited.* New York: Twayne Publishers.

Halio, J. L. & Siegel, B. 2005. *Turning up the Flame: Philip Roth's Later Novels.* Newark: University of Delaware Press.

Hobson, L. Z. 1947. *Gentleman's Agreement.* New York: Simon and Schuster.

Jenkins, L. 1998. Black-Jewish relations: A social and mythic alliance. In A. Helmreich & P. Marcus (Eds.), *Blacks and Jews on the Couch: Psychoanalytic Reflections on Black-Jewish Conflict* (pp. 189-204). Westport: Praeger.

Jones, J. P. & Nance, G. A. 1981. *Philip Roth.* New York: Frederick Ungar Publishing Co.

King, N. 2000. *Memory, Narrative, Identity: Remembering the Self.* Edinburgh: Edinburgh University Press.

Langer, L. L. 1994. Remembering survival. In G. H. Hartman (Ed.), *Holocaust Remembrance: The Shapes of Memory.* Cambridge: Blackwell Publishers.

Larner, J. 1960. The conversion of the Jews. *Partisan Review,* (27) : 761-778.

Lee, H. 1982. *Philip Roth.* New York: Methuen.

Leonard, J. 1982. Fathers and ghosts. In S. Pinsker (Ed.), *Critical Essays on Philip Roth* (pp. 83-88). Boston: G. K. Hall & Co.

Lerner, M. & West, C. 1992. A Conversation between Cornel West and Michael Lerner. In J. Salzman, A. Back & G. S. Sorin (Eds.), *Bridges and Boundaries: African Americans and American Jews* (pp. 141-151). New York: George Braziller & The Jewish Museum.

Malamud, B. 1972. *The Tenants.* New York: Pocket Books.

Malamud, B. , Field, L. A. & Field, J. W. 1975. An interview with Bernard Malamud. In L. A. Field & J. W. Field (Eds.), *Bernard Malamud: A Collection of Critical Essays* (pp. 8-17). Englewood: Prentice-Hall, Inc.

McDaie, J. 2003. *Distinctive Features of Roth's Artistic Vision.* Philadelphia: Chelsea House.

Michaels, A. 1997. *Fugitive Pieces.* New York: Alfred A. Knopf.

Milbauer, A. Z. & Watson, D. G. 1988. *Reading Philip Roth.* London: The Macmillan Press Ltd.

Milowitz, S. 2000. *Philip Roth Considered: The Concentrationary Universe of the American Writer.* New York & London: Garland Publishing, Inc.

Novick, P. 1999. *The Holocaust American Life.* Boston: Houghton Mifflin.

Ozick, C. 1983. Literary blacks and Jews. In C. Ozick(Ed.), *Art & Ardor: Essays* (pp. 90-112). New York: Alfred A. Knopf.

Parrish, T. 2007. *The Cambridge Companion to Philip Roth.* Cambridge: Cambridge University Press.

Pinsker, S. 1975. *The Comedy That "Hoits": An Essay on the Fiction of Philip Roth.* Columbia: University of Missouri Press.

Pinsker, S. 1982. Introduction. In S. Pinsker (Ed.), *Critical Essays on Philip Roth* (pp. 1-19). Boston: G. K. Hall & Co.

Pinsker, S. 1984. Philip Roth. In D. Walden (Ed.), *Twentieth-Century American-Jewish Fiction Writers* (pp. 264-275). Detroit: Gale Research.

Poirier, R. 1966. *A World Elsewhere: The Place of Style in American Literature.* New York: Oxford University Press.

Reddick, L. D. 1992. Anti-Semitism among Negroes. In J. Salzman, A. Back & G. S. Sorin (Eds.), *Bridges and Boundaries: African Americans and American Jews* (pp. 79-85). New York: George Braziller & The Jewish Museum.

Ribalow, H. 1960. Goodbye, Columbus. *Chicago Jewish Forum*, (18): 358-368.

Ribalow, H. 1963. Letting go. *Chicago Jewish Forum*, (21): 325-339.

Robinowitz, D. 1976. *New Lives.* New York: Alfred, A. Knopf.

Rodgers, B. F. Jr. 1978. *Philip Roth.* Boston: Twayne Publishers.

Roth, P. 1954. The day it snowed. *Chicago Review*, (8): 34-45.

Roth, P. 1975. *Reading Myself and Others.* New York: Farrar, Straus, and Giroux.

Roth, P. 1976. In search of Kafka and other answers. *New York Times Book Review*, (15): 6-7.

Roth, P. 1981. *Zuckerman Unbound.* New York: Farrar, Straus and Giroux.

Roth, P. 1985. *Reading Myself and Others.* Rev. ed. New York: Penguin Books.

Roth, P. 1986. *The Counterlife*. New York: Farrar Straus Giroux.

Roth, P. 1995. *The Prague Orgy*. London: Vintage Books.

Roth, P. 2005. *The Anatomy Lesson*. London: Vintage Books.

Rothberg, M. 2007. Roth and the Holocaust. In T. Parrish (Ed.), *The Cambridge Companion to Philip Roth* (pp. 52-67). Cambridge: Cambridge University Press.

Royal, D. P. 2005. *Philip Roth: New Perspective on an American Author*. Westport: Praeger Publishers.

Schechner, M. 1982. Philip Roth. In S. Pinsker (Ed.), *Critical Essays on Philip Roth* (pp. 117-132). Boston: G. K. Hall & Co.

Searles, G. J. 1985. *The Fiction of Philip Roth and John Updike*. Carbondale & Edwardsville: Southern Illinois University Press.

Shapira, A. 1998. The Holocaust: Private memories, public memory. *Jewish Social Studies*, 4(4): 40-58.

Shostak, D. 2004. *Philip Roth: Contertexts, Counterlives*. Columbia: University of South Carolina Press.

Silk, M. 1984. Notes on the Judeo-Christian tradition in America. *American Quarterly,* 36(1): 65-85.

Sinclair, C. 1988. The son is father to the man. In A. Z. Milbauer & D. G. Watson (Eds.), *Reading Philip Roth* (pp. 168-179). London: The Macmillan Press Ltd.

Tillich, P. 1952. Is there a Judeo-Christian tradition? *Judaism,* (1): 106-109.

Vice, S. 2011. *Shoah*. London: Palgrave MacMillan.

Voelker, J . C. 1982. Dedalian shades: Philip Roth's The Ghost Writer. In S. Pinsker (Ed.), *Critical Essays on Philip Roth* (pp. 89-94). Boston: G. K. Hall & Co.

Wade, S. 1986. *The Imagination in Transit: The Fiction of Philip Roth*. Sheffield: Sheffield Academic Press.

Walden, D. 2005. Foreword. In D. P. Royal (Ed.), *Philip Roth: New Perspective on an American Author* (pp. vi-ix). Westport: Praeger Publishers.

West, C. 1994. On Black-Jewish relations. In P. Berman (Ed.), *Blacks and Jews: Alliances and Arguments* (pp. 144-153). New York: Delacorte Press.

Wiesel, E. 1978. *A Jew Today*. New York: Random House.

Willis, E. 1994. The myth of the powerful Jew. In P. Berman (Ed.), *Blacks and Jews: Alliances and Arguments* (pp. 183-203). New York: Delacorte Press.

Wirth-Nesher, H. 1988. From Newwark to Prague：Roth's place in the American-Jewish literary tradition. In A. Z. Milbauer & D. G. Watson (Eds.), *Reading Philip Roth* (pp. 17-32). London: The Macmillan Press Ltd.

后　记

时光荏苒，岁月如梭，转眼已是严冬。窗外，朔风怒号，雪花飘飘，大地一片银装素裹。

回首过往，感触良多。在这满是喧哗与骚动的时代，也曾迷失过自我。每天，任那些凡俗事物充斥身心，奔忙于纷繁世事，焦头烂额。想要寻一片宁静天空似乎已是镜花水月。骚乱的、吵扰的生活使人醉生梦死。我忘记了我是谁，我属于哪里。也曾试图抓住某个东西作为依靠，但每次都只不过从一个空想滑向另一个空想。一切全都似幽灵，在我探出双手的瞬间飞逝，无影无踪。再不敢玩味海德格尔"人诗意地栖居在大地上"的呓语，倒更愿相信福克纳在《喧哗与骚动》中的警示："他们在苦熬！"好像唯其如此，生活才可以演成一出悲剧，显出至高的荣耀和悲壮。就此落入一种恶性循环，迎着晨曦，背着晚霞，奔行在那座叫做"生活"的城市的大街小巷，看众生百态，看世相纷扰，映衬出自己的肤浅和浮躁，真切的日子过得平淡如水竟然也成了一种奢望，从此逡巡前行，朝向那未知的陌路。

幸好！幸好还有多年来一直照顾、关心着我的师长、朋友、家人，是他们引领我走出迷惘，以新的热情去拥抱生活，享受生活带给我的一次次感动和一份份满足。能够在本书的研究对象菲利普·罗斯先生开始其文学生涯的"大风之城"芝加哥完成这本小书最后的修改，似乎也是冥冥之中天意使然，也算是在正确的地方向老先生致以后进末学崇高的敬意吧。这小小成绩的取得离不开许多人的帮助和支持。为此，感谢的话语可以千万遍地被诉说。

首先，要感谢科学出版社的编辑和工作人员，是他们心细如发的审读和辛勤劳动，才使得这本小书得以成型并顺利出版。尤其要感谢张达老师、王丹老师，真诚地向她们道一声："辛苦了。谢谢！"

其次，要对我的导师刘立辉教授道一声感谢，是他的鼓励使我下定决心继续学术研究的征程，是他的宽容使我得以兼顾学业、家庭，是他对学术的热情、认真和严谨感染了我，使我得以完成博士学业并以博士论文为基础完成了本书的写作。未来的日子，我将以刘老师对学术的执着为榜样，争取在学术研究中取得更大的进步。同时，我还要感谢刘老师的夫人张咏梅女士多年的关心和支持。

再次，我要感谢西南大学外国语学院李力教授、向雪琴研究员、文旭教授、刘承宇教授、江家骏教授、陈治安教授、杜世洪教授、罗益民教授、褚修伟博士、刘玉博士、胡蕾博士、肖开荣博士、罗朗博士、王江博士等多年来的宽容、关心和支持。他们视野开阔、思维活跃、对学术执着追求，为我树立了学习的榜样。

另外，我要对西南大学外国语学院和"畔溪"那帮相互帮扶多年的兄弟姐妹们发自内心地说声"谢谢"，你们的名字真的没有必要在这里一一写下，因为你们就在我心里。

最后，我要衷心地感谢我的家人。感谢父母的爱、包容和理解，祝愿他们健康长寿。感谢我的姐姐弟弟，在我离家的二十几年里，是他们为我承担了照顾父母的责任；感谢我的岳父岳母的关心、支持和照顾，希望他们健康开心；感谢我的夫人，感谢她对我的爱、关心、理解和支持，感谢她为了女儿的健康成长所付出的努力和心血。还要感谢我最亲爱的、精灵古怪的女儿，她给我带来了前所未有和无与伦比的喜悦、感动与满足，使生活重新又变成了一场摇滚的华章：如鼓点，震撼心灵；如吉他，哀婉悲叹；如贝斯，低吟浅唱；更如主音歌手绕梁余音，使人日日五味俱无。

太多的感谢和着那无数难以忘怀的时刻在脑际一一浮现，感动与感激突然就触动了内心最柔软的地方，像那飘飘洒洒的雪花，就那样在不经意间铺满了空灵天地，似乎在轻声地诉说着什么。梦幻的景致就是这样的吧！

申劲松

2017 年 12 月 24 日

"外国语言文学研究学术论丛"
总主编　文　旭

文　旭　　《语言的认知基础》

段　芸　　《言语行为语力的认知语言学研究》

张　俊　　《包装名词在语篇中的态度意义研究》

唐瑞梁　　《汉语语用标记之语用法化研究——基于语料库对"不过"与"X看"
　　　　　　结构的历时、共时探究》

杨　涛　　《外语学习倦怠与动机关系研究》

王永梅　　《本·琼森宫廷假面剧与自我作者化研究》

林文治　　《视觉汉语词汇识别实验中同音字性质的研究》

罗益民　　《天鹅最美一支歌：莎士比亚其人其剧其诗》

张家政　　《文化哲学视域下的大学英语教学改革研究》

褚修伟　　《程式性言语事件——人类基本生存形式的语用学研究》

胡　蕾　　《公共领域视野里的社会批评——菲利普·罗斯小说研究》

莫启扬　　《语言中的去时间化研究》

彭水香　　《美国分析美学研究》

梁　爽　　《如何借言行事：递归性的语用研究》

匡芳涛
　　　　　《范畴化与英语词汇学习》
林文治

孟凡君　　《中国译学主体性研究》

肖开容　　《诗歌翻译中的框架操作：中国古诗英译认知研究》

孙　太　　《异域之镜：哈佛中国文学研究四大家——宇文所安、韩南、李欧梵、
王祖基　　　王德威》

刘立辉等　《英国 16、17 世纪巴罗克文学研究》

李　航　　《外语课堂师生意义协商：互动与优化》

刘富利　　《英语教育的文化政治研究》

郑红苹　　《大学英语写作诊断式教学研究》

申劲松　　《维系与反思——菲利普·罗斯"朱克曼系列小说"研究》
　　……

（本论丛后续图书将陆续出版）